僕たちが零戦をつくった
台湾少年工の手記

劉 嘉雨
Ryu Kau

潮書房光人新社

はじめに

「零戦」といえば、先の太平洋戦争で連合軍に恐れられ、終戦まで活躍した日本海軍の主力戦闘機である。その伝説的戦果によって零戦は、現代の日本人にも大変に人気のある戦闘機となっている。

ところが戦時中、零戦（制式名は零式艦上戦闘機）の名は、一般にはあまり知られていなかった。当時は名称が秘密になっていたのである。大戦中、零戦の製造現場では、秘密保持のため普段は「零戦」ではなく、型式名の「A6」と呼んでいた。

太平洋戦争中の昭和十八年（一九四三年）、神奈川県に高座《こうざ》海軍工廠《こうしょう》が新設された。計画では戦闘機を年間六千機製造するという巨大な機体工場となるはずであった。（工廠の正式な開設は昭和十九年四月で、それまでは海軍空C廠と呼ばれていた）

工員の不足を補うため、海軍は台湾から優秀な少年たちを動員することにし、働きながら上級学校の卒業資格と給料がもらえるという条件で小学校・中学校の卒業予定者を数次にわたり募集、厳しい選抜試験を突破した総計八千四百人余の少年たちが入廠した。

少年たちは「台湾少年工」と呼ばれ、養成所で三ヵ月の研修を受けた後、一部は本廠に残され、大部分は全国の軍需工場に派遣された。

本書は、台湾少年工に採用された筆者とクラスメートが、日本で「零戦」を実際につくった体験談である。

小学校を出たばかりの十三、四歳の台湾少年工たちが「零戦」などの海軍機をつくっていたことを知る人は少ない。この事実を一人でも多くの日本人に知ってもらい、ひいては、日台友好親善にもつながっていくことになれば、望外の喜びである。

劉《りゅう》　嘉《か》雨《う》

僕たちが零戦をつくった
台湾少年工の手記
——目次

第三章　三菱重工業大江工場　55

写真提供／石川公弘・雑誌「丸」編集部・著者
『高座海軍工廠台灣少年工寫眞帖』（前衛出版社）
図版作成／佐藤輝宣

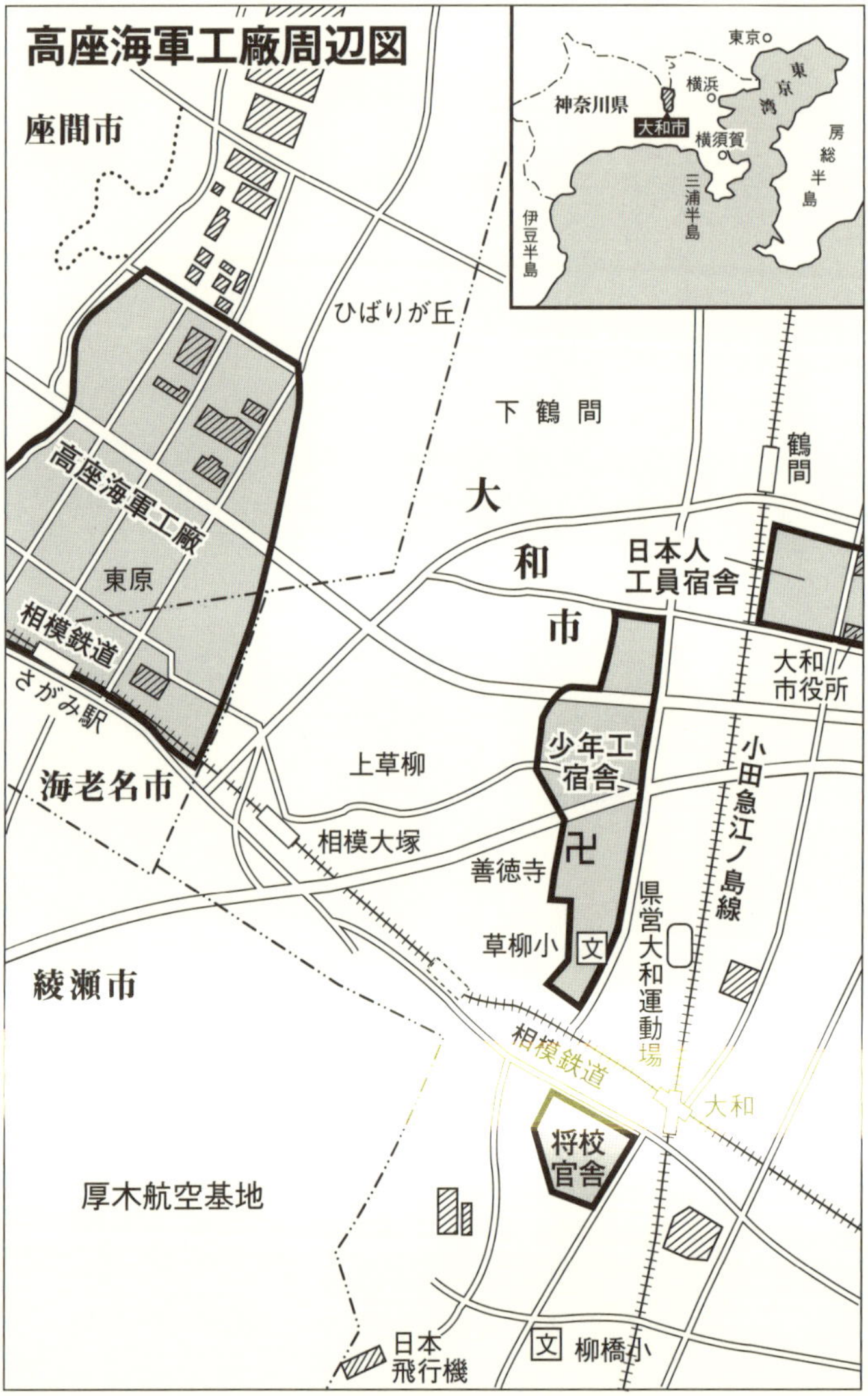
高座海軍工廠周辺図
座間市
東京
横浜
東京湾
神奈川県
大和市
横須賀
房総半島
三浦半島
伊豆半島
ひばりが丘
下鶴間
鶴間
大和市
高座海軍工廠
東原
日本人工員宿舎
相模鉄道
さがみ駅
大和市役所
少年工宿舎
上草柳
海老名市
小田急江ノ島線
相模大塚
善徳寺
県営大和運動場
草柳小
綾瀬市
相模鉄道
大和
将校官舎
厚木航空基地
日本飛行機
柳橋小

僕たちが零戦をつくった
台湾少年工の手記

高座海軍工廠徽章

第一章　海軍空C廠小学生を募集

担任の先生の説明

　太平洋戦争の開戦から二年余り過ぎた昭和十九年（一九四四年）二月の中旬、ここ台湾台中県の土牛《どぎゅう》小学校（国民学校）では、いつものように校長先生が朝会で、みんなに大本営発表を伝えた。

「みなさん、これから大本営発表をお知らせします。『大本営発表、昭和十九年二月十日、セントジョージ沖海戦で我が部隊は敵機動部隊を猛攻し、輸送船二隻、駆逐艦三隻を撃沈、飛行機六機以上を撃墜した。我が方の損害軽微なり』」

　朝会が終わって授業の時間になると、六年松組担任の平山先生は、ニコニコとうれしそうに教室に入ってきた。

「みなさん、おめでとう。卒業式も間近ですね。進学したい人はいますか、手を挙げてください」

　進学を希望している生徒は、サッと手を挙げた。

「だいぶいますね。今日は、みなさんの進路についてお話ししたいと思います」

平山先生は、チョークを取って黒板に大きく、

「募集　海軍空C廠　小学校卒業生」

と書いた。

「海軍空C廠では、小学校卒業生を募集しています。内地の工廠で飛行機をつくりながら勉強できるんです。三年間勉強して、さらに二年間工場実習を経験すれば、甲種工業学校卒業者として認められます。さらに、高等工業学校に進学すれば、将来は航空機製作所の技手《ぎて》や技師にもなれます。また、在勤中は給料が支給され、衣服、食事、宿舎も与えられるという好条件です。何か聞きたいことはありませんか」

「先生、空C廠ではどんな飛行機をつくるんですか」

級長だった僕は、真っ先に質問をした。

「国土防衛の局地戦闘機をつくるんです。ほかに質問は」

「先生の説明は十分わかりました」

と、同級生の林玉書と鐘崑洲が同時に答えた。

「では、家に帰ったら、ご両親とよく相談してから応募してください。応募には保護者の同意書が必要です。一週間以内に提出してください」

台湾少年工募集の目的は

神奈川県の大和に開設された海軍空C廠は、昭和十九年四月一日に、高座海軍工廠と命名された。戦争がますます激しくなっていた頃で、この工廠では「雷電」というB29爆撃機を迎撃する局地戦闘機の生産が始められた。

年産六千機、月産五百機、一日に十五機という計画のもとで、用地三十万坪、工員一万名、当時日本最大級の飛行機の生産工場がようやく本格的に稼働しようとしていた。

この工員のうち八千四百余名が、台湾で選抜試験に合格して来日した十四歳前後の少年たちだった。

なぜ、こんなにたくさんの少年たちが台湾から集められて来たのだろうか。

この頃、日本内地では、十五歳以上の男子はほとんど少年兵に志願するか、徴用工員として既存の軍需工場に取られていて、新しい工廠の人員確保は困難だった。そこで海軍当局は、台湾にいる日本語教育を受けた優秀な少年たちを使って高座海軍工廠の労働力不足を補うことを考えたのである。

昭和十七年十月、海軍当局は台湾総督府を通じて台湾全島から少年工の第一期生を募集した。前述の平山先生の説明にあったように、小学校卒業者は三年間勉強してさらに二年間工場実習をすれば甲種工業学校卒業者として認められ、中学校卒業者は二年間の工場実習で、高等工業学校卒業の資格を与えられる。また在勤中は衣服、食事、住居を与えるということだった。

進学を中止して海軍空C廠に応募

平山先生から空C廠の話を聞いたあとで、僕は同級生の林玉書、鐘崑洲と進路について話し合った。僕ら三人は、もともと中学校に進学するつもりだった。六年生の一学期から受験の準備をやってきていた。

「うわさだと、中学校を卒業しても、就職は難しいらしいね」

と僕が言うと、

「そうらしいや。就職口が保証されないんなら、海軍空C廠の公費留学の方が得だよ」

林君は自信たっぷりだ。

「僕もそう思う」

鐘君もうなずいた。

こうして僕ら三人は、進学するのを止めて海軍空C廠に応募することにした。

僕は、早足で家に帰った。

「ただいま」

「おかえり。今日は遅かったね」

台湾語で迎えてくれたのはおじいちゃんだ。家族とは台湾語で話していた。

「おじいちゃん、今日、平山先生から聞いたんだけど、内地の海軍工廠で働きながら勉強できる少年工を募集してるんだって。勉強して進学すれば、技手や技師にもなれるんだ」

「空C廠の募集か。今日、町長さんから聞いたよ。条件が良いと言ってた」

おじいちゃんはウーロン茶を飲みながら答えた。

「僕がつくったグライダー、今日の試験飛行でよく飛んで、先生にほめられたよ。模型飛行機をつくるのが大好きだから、将来は本物の飛行機づくりの技師になりたい。中学進学は止めにして、空C廠に行かせてください」

「もちろんいいよ。おまえが立派な技師になって、故郷に錦を飾るのを待っているよ」

「ありがとうございます、おじいちゃん、おばあちゃん」

翌日、学校の休み時間に廊下で林玉書が話しかけてきた。

「劉君、空C廠に行くこと、おじいちゃん許したの」

「もちろん。林君のお父さんは」

「許してくれたよ。立派な航空機の技師になって帰ってこいと言われた」

鐘崑洲も教室から出てきた。鐘君は三年竹組の担任鐘先生の息子だ。

「みんな、空C廠のこと話してるの」

「鐘君はどうしたかなって思ってたとこだよ」

「さっき先生に保護者の同意書を渡してきた。うちの父ちゃん、空C廠の待遇は最高だと言ってたよ」

「僕らの同意書も明日提出するよ」

僕は答えた。

厳しい選抜試験に合格

一週間後、空C廠への応募状況を平山先生が教えてくれた。

「応募者がこんなに多いとは思わなかった。全部で三十通の保護者同意書が提出されました。今日で募集は締め切ります。受験日は別にお知らせします」

続いて先生は募集条件について説明した。

「まず、日本語の読み書きが十分にできること。いままで教わったことを、もう一度復習しておきましょう」

空C廠の採用試験は、豊原小学校で実施された。台中県下の小学生の応募者は、実に二千五百名を上回った。予想外の多さであった。

試験は身体検査から始まった。身長、体重、視力、聴力などをチェックし、不合格者は即座にオミットされた。

続いて、日本語の読み書きの試験、最後は口頭試問だ。

試験会場に試験官が現われ、口頭試問が始まった。

自分の番が来て、僕は試験会場に入った。

「空C廠に行く目的は」

試験官が訊いた。僕は大きな声で答えた。

「はい、国土防衛の局地戦闘機をたくさんつくって、米軍のB29爆撃機を迎撃するためです」

「よし」と、試験官がうなずいた。

一週間後、空C廠の試験結果が学校に届いた。平山先生が教壇に上がった。

「みなさん、応募試験合格者の知らせが入りました。合格者は、劉嘉雨、林玉書、鐘崑洲の三名です。みんな拍手してください」

拍手が収まると先生は続けた。

「劉泉源ら五名は、身体検査で不合格、ほか二十二名は、日本語の読み書き試験で不合格でした」

応募者三十名に対し、合格者はわずか三名。なんとも厳しい選抜試験であった。

歓呼の声に送られて

三月中旬、土牛小学校の卒業式が終わると、僕は林君と一緒に帰った。

「林君、もうそろそろ空C廠に行く準備をしようよ」

「そうだね、何を持って行こうか考えてるところなんだ」

「内地は寒いから、冬着が一番だよ。セーター、メリヤス（伸縮自在の生地でできた衣類、特に下着）、長ズボンも欠かせないよ」

僕は防寒衣類を持って行くよう勧めた。

四月三日、いよいよ空C廠へ行く日がやって来た。よく晴れた日だった。

僕はいつもより早く起きて、出発の支度を済ませてからおじいちゃん、おばあちゃんに別れを告げた。

「おじいちゃん、おばあちゃん、行ってきます。お体を大切にしてください」

「おう、今日は嘉雨の門出か。駅まで送ろう。内地は寒いから冬着はちゃんと着なさい。団体生活は辛いぞ。しかし、それを我慢強く乗り越えることだ。じいちゃん、ばあちゃんの体は自分で守るよ、心配するな」

玄関先では、林君らが待っていた。

「林君、お待たせ。じゃあ、学校へ行こう」

「おじいさん、おばあさん、さようなら。お元気で」

林君、鐘君が台湾語でお別れの挨拶をすると、僕らは学校へ向かった。

学校では、まず職員室に行った。

「先生、この三年間お世話になり、どうもありがとうございました」

僕ら三人は、丁寧にお辞儀をした。

「おう、君たちは今日出発するんだね。一生懸命勉強して、将来は立派な航空技師になって帰っておいで」

「はあーい」

同級生の陳君と朱君がお別れの挨拶にやって来た。

「いよいよ空C廠に行くんだね。おめでとう。僕らも試験にすべらなければ、一緒に行けたんだよなあ、うらやましいぞ。内地に着いたら手紙書いてね。さよなら」

「さよなら、元気でなあ」


校庭には、全校の生徒や先生たちが集まっていた。

海軍空C廠に行く僕ら三人は、みんなの前で賞賛と激励のことばを受けた。その後、全校生徒がまるで出征兵士を見送るように、「出陣」の歌（軍歌「日本陸軍」の一番）を歌いながら「万歳、万歳」と僕ら三人を駅まで送ってくれた。

天に代わりて不義を討つ
忠勇無双の我が兵は

歓呼の声に送られて
今ぞ出で立つ父母の国
勝たずば生きて還らじと
誓う心の勇ましさ

危険な海を渡る

僕たちは、同じ台中県下の合格者たちとともに専用列車に乗って、夕刻、台湾南部の集結地・岡山（高雄州）の第六十一海軍航空廠に到着した。

ここで二日間待機し、四月五日、中学卒の指導員に引率された僕たち小学校卒業生三百余名は、高雄港から「室戸丸」（一二五四トン、関西汽船）に乗り込んで出港した。

室戸丸は貨物を運ぶ船で、子供とはいえ三百余名の乗客を乗せると、非常に窮屈だった。僕らが乗った船倉内は、畳一枚の広さに三、四名が詰め込まれ、おのおの膝を抱いていたり、仰向けに寝たりしていた。

通常は上甲板に上がることは許されなかったが、天気の良い日は船倉の天井部分を開いてくれたので、涼しい風が入って気持良く過ごせた日もあった。

台中市から来たという少年が、船倉で身の回り品を整理していた。彼の持ち物の中に、僕は不思議な物を見つけた。

「ねえ、この白くて細長い布、どうするの」

「これは海で使う救命具だよ」

僕の怪訝そうな表情を見て、彼は詳しく説明してくれた。

「もし、敵潜水艦の攻撃で乗っている船が撃沈されると、海に投げ出された人間をどう猛なサメが襲うことがあるんだ。そんなときは、この布を体に結んで長く伸ばしておくと、サメには自分より大きなサメがいるように見えるから、びっくりして逃げてしまうんだ」

出港して三日目から、僕たちは船酔いに苦しんだ。食べたご飯はみな口から吐き出して、あちこちに置いてあった残飯桶は一杯になってしまった。桶の中身は海に放り込んで魚のエサにした。

昭和十九年当時、台湾と内地間の航路には、すでにアメリカの潜水艦が出没しており、安全とは言えなかった。この危険な航路を台湾の少年たちは、故郷を離れ、荒波を越えて渡っていったのである。

佐世保に到着、列車で空Ｃ廠へ

潜水艦の襲撃を回避しながら五日間の航海を続け、僕たちを乗せた「室戸丸」は無事に九州の佐世保港に到着した。

この日は霜が降って寒い日だった。まだ内地の気候に慣れていない僕たちは、ぶるぶる震えていた。

一行三百余名はその晩、佐世保の旅館に泊まり、翌朝、空Ｃ廠から須藤指導員と瀬川指導員が迎えに来た。須藤指導員は内地人、瀬川指導員は中学卒の空Ｃ廠第二期生だった。僕たちは彼らに引率されて、超満員の専用列車に乗り込んだ。

列車では僕は瀬川指導員と同席だった。座席に着いたとたん瀬川指導員は僕に言った。

「お前たち、アホウだよ。どうして内地になんか来たんだ。いま米軍との戦いは五分五分だ。日本が必ず勝つとは言えないんだ」

これを聞いて、僕はがっかりした。

「僕たちは飛行機をつくりながら勉強して、将来は航空機製作所の技手や技師になりたいと思って応募したんです」

僕はちょっと腹を立てながら答えた。

「そうか、悪かった。お前たちは空C廠に来たからには、たくさんの飛行機をつくって敵米英を打倒するんだ。一生懸命がんばれ！」

瀬川指導員は、みんなを励ましてくれた。

それから瀬川指導員は、「改姓名」について説明した。

「空C廠に入るには、まず改姓名をしなければなりません。つまり、台湾の名前を日本の名前に変えるのです。いまからみなさんに改姓名をしてもらいます。一度日本の名前を決めたら、あとで変更はできませんから、よく考えて改姓名をしてください」

しばらくしてから、瀬川指導員は改姓名の登録を始めた。

「では、劉嘉雨から名乗ってください」

「劉嘉雨です。改姓名は、中山太郎と申します」

「林玉書です。改姓名は、小林玉吉と申します」

「鐘崑洲です。改姓名は、金田修次と申します」

こうして全員の改姓名が終わった後、瀬川指導員は僕に言った。

「中山君は学校では級長だったそうだね。背も高いし、見栄えも良いから君に小隊長を命じよう」

「ありがとうございます」

僕たちの乗った列車は、二昼夜かかって夕方ごろ神奈川県高座郡大和町（現・大和市）上草柳《かみそうやぎ》の海軍空Ｃ廠寄宿舎に到着した。

宿舎は二階建てで各階に十部屋があった。各部屋は十畳の広さで十人部屋だった。この二階建ての建物一戸を一寮と呼んだ。僕たち三人は一階の第一号室が割り当てられた。

新人少年工たちは、まず、大食堂で空Ｃ廠最初の晩ご飯を食べた。サンマの塩焼き、豚肉、野菜の天ぷら、漬け物など、非常に量が多かった。

寮にもどったら、枕、敷き布団と毛布四枚の配布があった。

去年入廠した土牛小学校の上級生がやって来て、毛布のかけ方を教えてくれた。

「まず、敷き布団を自分の畳の上に敷いてから、毛布四枚を敷き布団の上にかけます。この時、毛布と敷き布団が密着するように工夫します」

「どういう風にするのですか」

金田が聞いた。

「最初に二枚の毛布を敷き布団の上にかけます。この時、敷き布団の両側にはみ出した毛布を折り曲げて布団の下に差し込みます。毛布の下端も同様に布団の下に差し込んでください。あと二枚の毛布の長手方向を先に布団にかけた毛布の左右に重ねて同じように布団

高座海軍工廠の台湾少年工の寄宿舎。「第二舎」の10棟が写っている。

寄宿舎には200人を収容する二階建ての建物（寮）が全部で40棟あった。

の下に差し込みます。これで完成です」

寝るときには、上級生は僕をモデルに布団への入り方を説明した。

「まず中山君の両足を敷き布団の枕側から布団と毛布の間に差し入れて、そのまま毛布の下端まで潜って体に毛布をかけます。それから頭を枕に乗せてください」

こうして僕らは、海軍空Ｃ廠での第一夜を迎えた。

第二章　高座海軍工廠

寄宿舎生活

高座《こうざ》海軍工廠《こうしょう》（以下、高座廠と呼ぶ）は、昭和十九年（一九四四年）四月一日に開庁するまでの準備期間中は、「海軍空C廠」と呼ばれた。僕たち三百余名は、高座廠の少年工第六期生として入廠したのだ。

台湾少年工の寄宿舎は全部で四舎あった。一舎には十人部屋が二十ある二階建ての寮が十寮あり、定員は一舎で二千名、四舎合計で八千人だった。各舎には舎監や寮長、少年工たちの世話をする寮母がおかれていた。

僕ら土牛小からの三人は、四舎二寮一号室に割り当てられた。同室のほかの七人も台中県出身だった。僕は一号室の部屋長を命ぜられた。

少年工は、ここで海軍軍属として暮らし、起床から就寝まで日課が決められていた。

朝五時二十五分には「総員起こし五分前」、そして五時三十分に「総員起こし！」の号令がかかる。五時三十五分に始まる朝礼に間に合うように、たったの五分で寝床をしまい、顔を洗い、全速力で駆けて整列し、舎監の訓示のあと海軍体操をする。

六時から大食堂で朝ご飯を食べ、七時からは寮の広場で軍歌の練習だ。まず寮長が「予科練の歌」(「若鷲の歌」)を教えてくれた。

一、若い血潮の「予科練」の
　七つ釦は　桜に錨
　きょうも飛ぶ飛ぶ　霞ヶ浦にゃ
　でかい希望の　雲が湧く
二、燃える元気な「予科練」の
　腕はくろがね　心は火玉
　さっと巣立てば　荒海越えて
　行くぞ敵陣　殴り込み

＊予科練——海軍飛行予科練習生の略称

軍歌の練習が終わったあとで、僕は金田に声をかけた。

「さっき寮長に聞いたんだけど、週に軍歌を二曲練習して、来週からは軍歌を歌いながら養成所に行くんだって」

「養成所から帰ってくるときも歌うのかな」

「もちろん。二百名の中隊単位で、歌いながら帰るんだ」

晩ご飯のあと、寮にもどった僕たちは身の回り品を整理した。

「中山、僕たち家を出てからもう十日間になるね。ああ、故郷が恋しいぞ。今夜は家に手紙を書こう」

小林は、さっそく手紙を書き始めた。

「僕も書くよ。うちの父ちゃん空C廠に着いたらすぐに手紙を書けと言ってた」

そう言うと、金田も書き始めた。

「うちのじいちゃん、ばあちゃん元気かな。孫の僕がそばにいないから、淋しがってるだろうな」

僕もおじいちゃんを慰めようと便りを書くことにした。

廊下の時計が八時五十分を指した。少年工たちは各自の部屋の前に整列して九時の人員点呼を待った。第一号室の面々も、部屋長の僕から順に小林、金田……と並ぶ。

やがて点呼に入り、寮長と指導員が来られた。

「いまから点呼を始めます。第一号室から」

寮長が重々しい口調で言う。

「第一号室、総員十名、現在員十名、異常なし」

部屋長の僕が報告した。

一階の十部屋の点呼が終わったあと、みんなで「君に忠、親に孝」を唱え、宮城遙拝してから故郷の親に向かって最敬礼をした。

それから皆、各自の部屋に戻り、消灯前に寝床の支度をした。

工員養成所での学習

養成所に行く日が、いよいよやって来た。

午前七時、二百名の中隊ごとに整列した僕らは、舎監や寮長、寮母に見送られ、中隊長を先頭に軍歌を歌いながら養成所に向かった。

養成所での学習は、午前八時から十時十五分までは物理と化学、十時三十分から十一時三十分までが英語の授業だった。

英語は、すでに一般の中学校などでは敵性語として排斥されていた。しかし、航空機の用語はほとんどが外来語を使っているため、養成所では英語も教えられていた。

最初の英語の授業。先生が教室に入って来て、教壇に上がった。

「みなさん、これから英語の授業を始めます。英語は非常に学びやすいことばです。もし先生の授業で、よくわからないところがあったら、遠慮なく質問してください」

先生は、教科書を手に取って続けた。

「では、教科書の五ページを開いてください。まず、ローマ字の読み書きを練習します。ローマ字はAからZまで二十六文字あり、大文字と小文字の字体があって、Aに対するa、Bに対するbなど合わせて五十二文字があります。大文字と小文字の読み方や書き方を、早く身につけましょう」

「先生、大文字と小文字の読み方は同じですか」

金田が聞いた。

「もちろん、同じですよ」

先生は、なぜ僕たちに英語が必要なのか、説明してくれた。

「みなさんが三ヵ月の研修を終えて、軍需工場で働く場合、使われている航空機関系の用語はほとんどが外来語です。とくに、米英で使われている英語から来た外来語が圧倒的に多いのです」

「先生、外来語とはどんなことばですか」

僕は聞いてみた。

〔右〕高座海軍工廠寄宿舎の自習室。台湾少年工は、工廠に勤務しながら勉強が出来るというのが募集時の条件だった。〔下〕寄宿舎で毎晩夜 9 時に行なわれた就寝前点呼の様子。

寄宿舎大食堂での少年工たちの食事風景。入寮当初の食事は非常に量が多かった。

寄宿舎にあった大浴室で入浴する少年工たち。

「昔からあった日本語を『和語』といい、外国から入っていまは日本語になったことばを『外来語』といいます。ここに、工場の現場でよく使われる外来語の用語を列記してあります。暗記しておきましょう」

たがねとハンマーの実習

午後一時から四時三十分までは、養成所の実習工場で、作業の実習だ。

実習工場は平屋の大きな建物で、広い屋内にはバイス（万力）台が二十台並んでいた。

ほどなくやって来た指導員は、僕たちの前に立つと工場内を見渡してから説明を始めた。

「皆さん、今日からハンマーの振り方の実習を担当する鈴木です。よろしく」

指導員は軽くお辞儀をして、話を続けた。

「航空機をつくる材料には、ジュラルミンを使います。それを決まった形に切らなければなりませんが、機械化できない場合は、たがね（鏨・金属加工に使用する鋼鉄製ののみ）とハンマーを使って手作業で行ないます」

バイスの近くには、厚さ三ミリと五ミリのジュラルミン板が並べてあった。

常用航空機用語

外　来　語	日　本　語	英　　　語
パイロット	操縦士	pilot
エンジン	発動機	engine
ガソリン	揮発油	gasoline
プロペラ	推進器	propeller
ジュラルミン	アルミ合金	duralumin
エア・ハンマー	空気ハンマー	air hammer
リベット	鋲	rivet
スティック	操縦桿	stick
フットバー	足踏み棒	footbar
エルロン	補助翼	aileron
エレベーター	昇降舵	elevator
ラダー	方向舵	rudder
リブ	肋骨	rib
キャブレーター	気化器	carburetor
ループ・アンテナ	輪形アンテナ	loop antenna
燃料タンク	燃料貯槽	fuel tank

僕は指導員に呼ばれて、バイスの前に立った。

「中山君、厚さ三ミリ、幅二十ミリ、長さ百五十ミリに整形したジュラルミン板一枚をバイスに固定しなさい。バイスのハンドルでしっかり締めて」

それから指導員は、ハンマーの振り方を説明した。

「まず、左手に持ったたがねをバイスに固定したジュラルミン板に当てます。右手に握ったハンマーを頭の上まで上げ、力強く振り下ろしてたがねに打ちつけます。この時、目はたがねの先端（刃の部分）に向けておきます。これがポイントです」

説明のあと、少年工たちは各自のバイスの位置についた。

「これから実際にハンマーを振ってもらいます。ジュラルミン板を固定したら、たがねの刃をしっかりとジュラルミン板に当てる。用意ができたら、一回目の笛の音でハンマーを肩まで上げて、二回目の笛で力一杯振り下ろします」

皆の準備が整うと、指導員がホイッスルを吹いた。

「ピーー！」

全員、ハンマーを振り上げて構える。指導員が二度目のホイッスルを吹いた。

「ピーー！」

僕たちは一斉にハンマーを振り下ろす。

指導員はバイス台の間を歩いて、皆の出来具合を見て回った。

高座廠の実習工場で一斉にハンマーを振りかぶった台湾少年工。

ジュラルミンの板が切断できたのは約半数。五名の少年工は、たがねを握った左手をハンマーで打って、見る見るうちに手が腫れてしまった。

「先生、ハンマーを頭の上まで上げてから振り下ろすのと、肩まで上げてから振り下ろすのとでは、どう違うんですか」

僕は指導員に質問してみた。

「ハンマーを振り下ろす力は、ハンマーを高く上げるほど強くなります。来週からは、やや厚い五ミリのジュラルミン板で練習しますが、この時は強く打つために、ハンマーを頭の上まで上げて振ってもらいます」

ジュラルミン板の成形の実習

朝から良い天気のある日、僕らはいつものように四列縦隊を組んで、軍歌を歌いながら養成所に向かった。

今日は、ジュラルミン板を成形する実習だ。

実習工場の作業台には、いろんな形の型紙と金切りばさみ、そして厚さ〇・三ミリのジュラルミン板が並べられていた。

指導員がやって来た。

「今日からジュラルミン板の成形の実習を担当する木村です」

指導員は平行四辺形、正方形、長方形、菱形など、いろいろなかたちの型紙を見せてくれた。

「まず、正方形から練習します。型紙でジュラルミン板に写した四角形を金切りばさみで切っていきます。四つの辺をまっすぐに切るようにして下さい。上手に切れたら、他の形もやってみます。最後に円形を切ります。曲線をスムーズに切るようにしましょう」


その日は午後から、金属板成形技術を学ぶため、食器作りの実習が行なわれた。

作業台には、木ハンマー、半球形の木型、コンパスと、厚さ〇・三五ミリのアルミ板が置いてあった。

指導員が作業のやり方を説明してくれた。

「皆さん、これから茶碗を作ってもらいます。素材は延性に富んだアルミ板を使います。まず、コンパスでアルミ板に半径十二センチの円を描き、金切りばさみで切り取ります。切り取った円形のアルミ板を半球形の木型の上に置いて、回転させせながら木ハンマーで叩きます。板がほぼ半球形に成形されたら、もう一度回しながら軽く叩いて形を整えます。これで完成です」

僕たちは、教えられたとおりにアルミ板を切り、木型の上で叩いて、それぞれ「茶碗」をつくってみた。

「中山君、君の作品を見せてくれ」

指導員は、僕の茶碗をじっと見つめた。

「よく出来たね。まあ九十点かなあ」

故郷からの小包と最初の給料日

朝から小雨が降り続いたある日、いつものように四列縦隊を組んで（ただし軍歌は歌わずに）、駆け足で雨に打たれながら養成所に行った。

この日、午前中は英語と数学の授業があった。

午後、養成所から寮に帰ると、僕ら宛の手紙と小包が届いていた。部屋に帰ると、僕はまず手紙を読み、それから小包を開けてみた。

「わあ！」

丈夫な木箱の中には、僕の大好きなうなぎの塩漬け、それから干しバナナ、あめ玉、砂糖、お菓子が一杯入っていた。

「小林、君の小包は？」

「干しバナナと干しパイナップル、あめ玉とお菓子だ」

「僕もおんなじだ」

金田も答えた。


最初の給料日が来た。

僕らの月給は三十円。みんな喜んで給料を受け取った。

給料日の翌日は休日だった。

「町まで買い物に行こうよ」

僕は小林と金田と一緒に、近くの町まで出かけることにした。

電車から降りた僕たちが三人でしゃべっていると、四十代くらいのおばさんに声をかけられた。

「坊ちゃんたち、東京っ子？」

「いいえ、僕たち台湾から来ました」

僕が答えた。

「日本語お上手ね。東京の子かと思ったわ。いまどこで勉強してるの？」

「近くの高座工廠で勉強しながら飛行機をつくるために内地にやって来ました」

小林が答えた。

「お国のために働いてるんだね、がんばってね。お元気でね」

おばさんは僕たちを励ましてくれた。

「はい、がんばります！　おばさんもお元気で」

駅の近くに郵便局があった。僕たちは、はがきと切手を買った。

腹が減ってきたので、食堂でうどんを食べた。天ぷらやおでんもあった。

「内地のうどん、台湾よりおいしいね。僕、おかわりしちゃったよ」

金田が満足そうに言う。

「天ぷらもおでんも、うまかったな」

小林もニコニコしている。

「あそこの写真館で記念写真を撮ろうよ」

僕は二人を誘って、三人で写真を撮ってもらった。

夕方四時の電車で寮に帰ると、部屋を整理整頓した。

数少ない休日、台湾少年工たちは日帰りできる名所・旧跡に出かけた。〔上〕鎌倉の大仏にて。〔左〕横須賀の保存艦「三笠」にて。〔下〕江ノ島にて。

「今日は楽しかった。この次の休みは、名所の江ノ島に遊びに行こう」
僕は、さっそく計画を立てた。

全国の航空機製作所に派遣

高座工廠での研修期間は三ヵ月だったが、その期間の少年工たちの生活や気持を描いた歌がある。

元少年工の李添石（日本名・本島徹太郎、台北二中卒）が作詞した「故郷を離れて」という曲で、いま台湾高座会の会歌として歌われている。

故郷を離れて

一、若い血潮に夢抱き　肉沸き応募に躍進し
聞きしは未来の技手や技師　ハンマを振るとは情ない

二、故郷を離れて幾千里　荒波越えて堂々と
向かうはその名も芳しき　大和の海軍空C廠

三、ほこりにまみれて麦畑　あぜ道通りて森の中
向こうに見える煙突は　工場と思えば烹炊場

四、雨に打たれて傘もなく　向かうは苦しい実習場
タガネにハンマ打ちつけて　見る見るうちに手が腫れる

五、痛く腫れても誰に言う　母は千里の彼方島
吾が子よ達者で働けと　祈る母の幻か

六、朝の味噌汁水ばかり　昼のおかずは魚のしっぽ
夜の御飯は冷飯で　医務部に通うも無理はない

七、夏はやぶ蚊の攻撃で　蚤の突撃ものすごく
冬は虱の出撃だ　眠れぬ夜は島恋しい

八、まぶたに故郷を浮かべつつ　いつになったら帰るやら
　過ぎしあの日を語りつつ　碧の島が恋しいぞ

三ヵ月の研修期間が終わるころ、適性試験が行なわれた。少年工がどんな職場に適しているかを判断する検査だ。

まず、身体検査から始まった。身長、体重、視力、聴力などをチェックした。知能検査もあった。

検査の結果、僕は総組立工場に、小林と金田は胴翼工場に配属と決められた。

戦局の急激な悪化で、海軍当局は、募集条件にあった進学の約束を果たせなかった。少年工たちは、勉強は簡単に済ませて実習工場に回され、技術指導を三ヵ月ほど受けると、全国の人手不足の航空機製作所に派遣されることになったのだ。

こうして台湾少年工は、およそ四千名余りが各地の軍需工場へと派遣されていった。

台湾少年工の主な派遣先

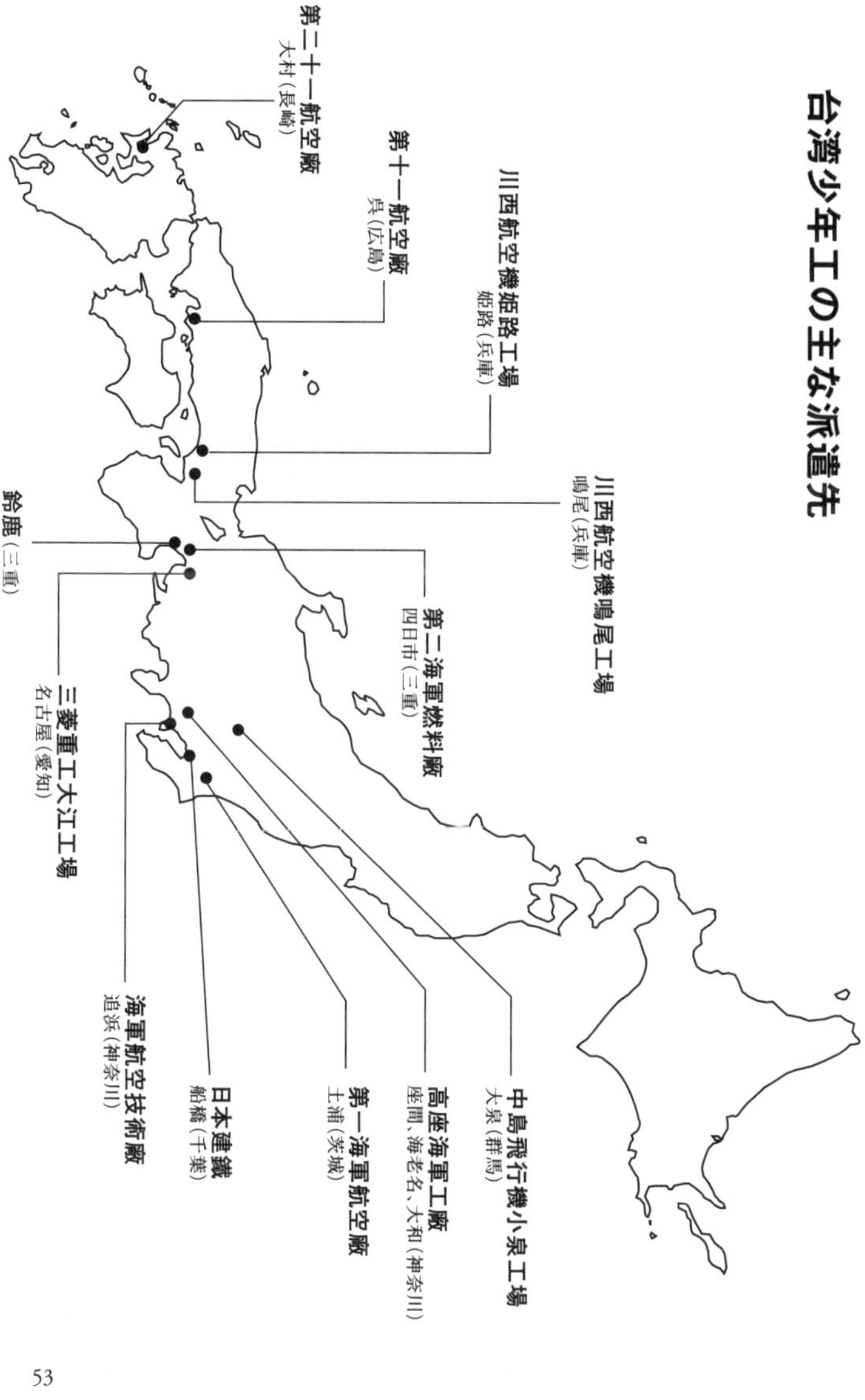
第二十一航空廠
大村（長崎）
第十一航空廠
呉（広島）
川西航空機姫路工場
姫路（兵庫）
川西航空機鳴尾工場
鳴尾（兵庫）
鈴鹿（三重）
第二海軍燃料廠
四日市（三重）
三菱重工大江工場
名古屋（愛知）
中島飛行機小泉工場
大泉（群馬）
高座海軍工廠
座間、海老名、大和（神奈川）
第一海軍航空廠
土浦（茨城）
日本建鐵
船橋（千葉）
海軍航空技術廠
追浜（神奈川）

第三章

三菱重工業大江工場

大江工場菱明寮の寄宿舎生活

昭和十九年（一九四四年）七月のある日、台湾少年工千百余名は、三菱重工業名古屋航空機製作所大江工場に派遣された。大江工場は、名古屋港に隣接した大江町にある。

専用列車に乗り込んだ僕たちが、宿舎となる名古屋市郊外の「菱明寮」に到着したのは、その日の夕方だった。

この寮は、高座海軍工廠の寮と同じく木造二階建てで、各階に十部屋、全部で二十部屋あり、一部屋に十名が入る。この二階建て一棟を一寮と呼んだのも、高座工廠と同じだった。

「僕たちは、国土防衛の局地戦闘機雷電をつくるために高座廠に応募したんだ。でも、指導員の話だと、雷電の生産はまだ軌道に乗ってないんだって。それで僕たち少年工を、人手不足で困っている工場に派遣したんだそうだよ」

僕は、指導員から聞いた話を、小林と金田に伝えた。

「ここでは、どんな飛行機をつくってるの？」

「戦闘機のほか、攻撃機もつくってるそうだ」

夕食は大食堂で食べた。

「晩ご飯、高座廠よりずっとおいしいね」

僕がうれしくなって言うと、

「そりゃあ、民間工場だもん。ここへ派遣されてよかったよ」

小林もニコニコしながら答えた。

この工場は民間工場ではあったが、少年工の生活指導や職場管理の面では、すべて海軍軍属として取り扱っていた。

翌日、僕たち台湾少年工千余名は、二百名の中隊単位に編成された（全部で五個中隊）。

僕は総組立工場配属のため第一中隊第一小隊（寮は一寮一号室）に、小林と金田は別の工場配属（胴翼・尾翼工場）のため第二中隊第二小隊（寮は二寮二号室）に所属することになった。僕はちょっと寂しくなってしまった。

「今日から、僕、ひとりぼっちになっちゃったなあ」

寂しそうにしている僕を見て、小林が元気づけてくれた。

「休日は一緒に遊びに行けるよ。名古屋には名所・旧跡がたくさんあるそうだ。僕は名古屋城に熱田神宮、それから東山動物園にも行ってみたいなあ」

「僕は、栄町に行きたいな。食べ物屋がたくさんあるんだって」

金田は食べることが大好きなのだ。

零戦の総組立工場「操縦桿組」に配属される

いよいよ、飛行機製作工場への初出勤の日がやって来た。

寮の前に整列した僕たち少年工は皆、うれしくて、怖くて、緊張で胸がドキドキしていた。

指導官の訓示のあと、第一中隊を先頭に第五中隊まで、指導官や寮長、寮母に見送られて軍歌を歌いながら大江工場に向かう。

大江工場に到着すると、工場長が正門まで出て来て僕たち少年工を迎えてくれた。

まもなく朝礼が始まり、工場長の訓示のあと、所内スローガンの唱和があった。

「天皇陛下は、現人神なり、我らは、日夜生産を凝らし、以て万里聖戦の翼となさん」

僕たちも工場の職員と一緒に、大声で唱えた。

僕が配置された現場は、零式艦上戦闘機（零戦）の総組立工場である。この工場は、完成直前の零戦三十六機を収容できる大きな建物だった。（ちなみに、「零戦」という名称は当時秘密にされていたため、工場では零戦と呼ばず型式名の「A6」と呼んでいた）

中隊長が、配置される僕ら少年工を連れて、総組立工場に入った。そして、現場の工員一組の前に来ると、中隊長は僕を鈴木（仮名）組長に紹介してくれた。

「台湾からやって来た少年工の中山君です。よろしくお願いします」

「中山君か、待ってたよ。君の書類は昨日もらった。養成所の研修成績は一番だったそうだね。体が大きいから、ずっと大人に見えるよ。今日は、君の仲間がたくさん入って来た。君もお国のためにしっかり働いてくれ」

「はい、がんばります！」

それから鈴木組長は、自分の組の工員たちに向かって言った。

「みんな、聞いてくれ。台湾からやってきた、小学校を出たばかりの少年工、中山君だ。みんなかわいがってやれ」

「はあい」

みんな答えた。

僕が配置されたのは、「操縦桿組」と呼ばれるグループで、操縦桿から動翼への操縦系

菱明寮から三菱大江工場への出勤時、名古屋市街を行進する台湾少年工。

勤務を終え、工場から菱明寮に帰ってきた少年工を出迎える寮の職員たち。

統のワイヤロープを張る担当だった。

この組は、四十代のベテラン技手・鈴木組長はじめ熟練工四名、腕章を巻いた名古屋市立第一高女増産報国隊三名と、名古屋市出身の木村（仮名、高等小学校修了十六歳）の合計九名がメンバーだった。

最初の仕事は割りピン取り付け作業

組長は僕に作業の内容を説明してくれた。

「中山君、君が最初にやる仕事は、胴体結合部の割りピン取り付け作業だ。これから現場に行って説明しよう。これが君の道具箱だ。なかに割りピンとドライバー、スパナ、ペンチなどが入っている」

組長と僕は製作中の零戦の主翼左側にあるフラップ（主翼後縁の動翼）の後ろに立った。

「操縦席から胴体の中に入るので、まず、主翼付け根にある足かけと取っ手を使って操縦席に登るんだ。このとき、動翼の位置を示す赤い線の範囲内を絶対に踏まないよう注意しなさい」

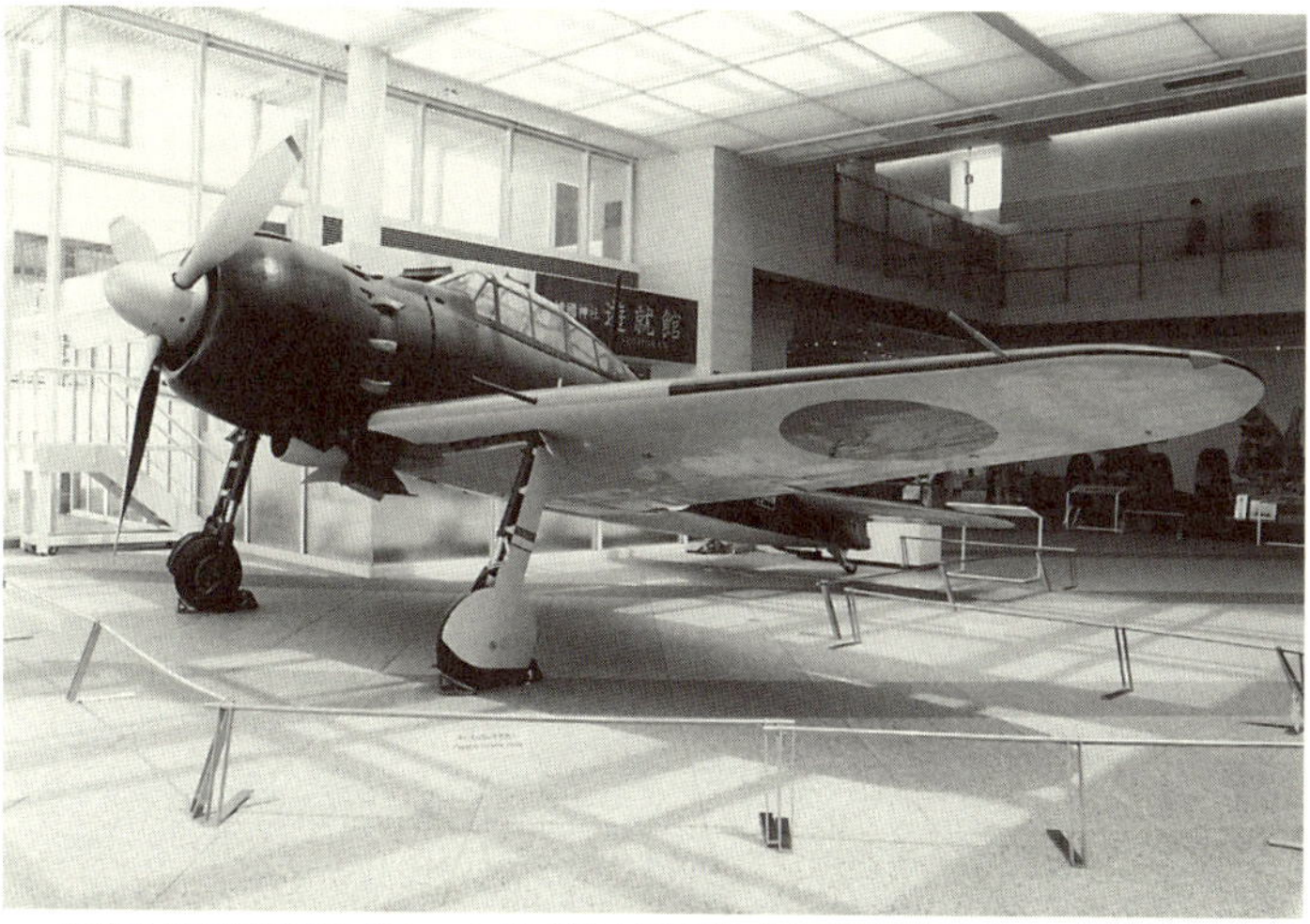

台湾少年工が製造に携わった零式艦上戦闘機（靖国神社遊就館にて著者撮影）。

零戦の胴体接合部

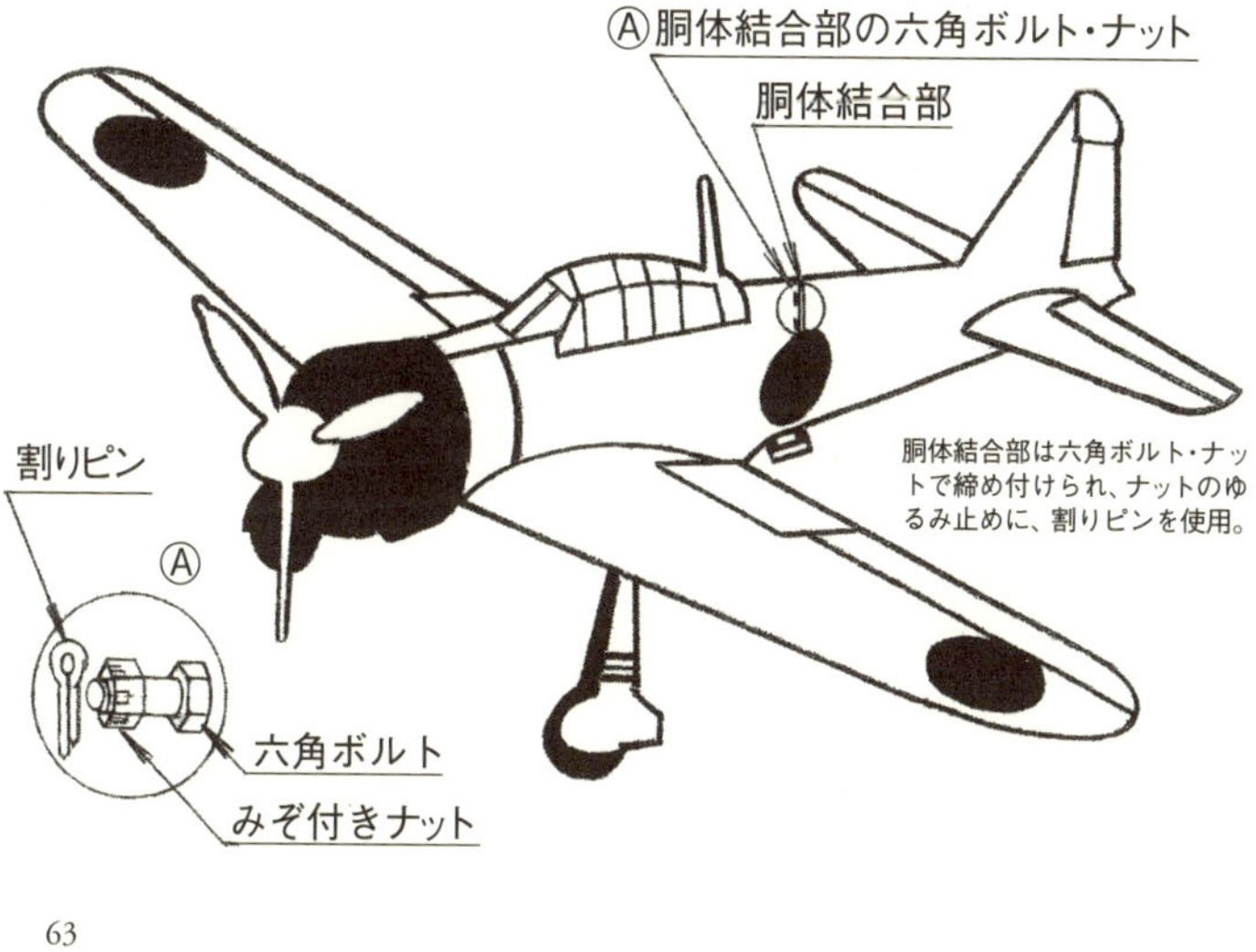

胴体は前半と後半に分かれていて、断面は楕円形、長径百センチ、短径八十二センチくらいだ。

僕は組長と操縦席から、その後ろの胴体結合部に入った。組長は工具箱から六角ボルト・ナットを取り出した。

「この胴体結合部は、断面の円周上に配置された四十八本のこの六角ボルト・ナットで締め付けられている。ナットは振動で緩んでくることがあるので、割りピンを取り付けて、ナットの緩みを確実に防ぐんだ」

組長は、手に持った六角ボルト・ナットを見せながら、さらに詳しく説明をしてくれた。

「ボルトの軸にはここに穴が開いている。ナットの方には頭に溝が掘ってあるのがわかるね。ナットをボルトに取り付けて回し、ナットの溝がボルトの穴に合ったところで割りピンを差し込む。そして、出てきた割りピンの先端を両側に曲げて完成だ」

「わかりました」

「じゃあ、実際に割りピンを取り付けてみよう。結合部の四十八本のボルト・ナットは締め付け済みだから、まず、ナットの溝がボルトの穴に合っているかを確認する。もし合っていない時にはスパナでナットを調整して割りピンを差し込むこと。さあ、中山君、作業開始だ。一つ一つ注意して取り付けてくれ」

「はい、慎重にやります」

出勤二日目。

朝、組長が声をかけてくれた。

「おう、中山君、昨日はよく頑張ったね。十機分の割りピン取り付け作業は全部合格だ。検査官が褒めてたよ。取り付け不良が出たら、検査官は手直し指示の札を割りピンにかけるから、もう一度作業のやり直しになるところだ」

組長は、機嫌良く続けた。

「A6は、一日十二機生産する。今日から十二機分の割りピンを取り付けてもらうぞ」

「はい、一生懸命働きます」

僕は元気よく返事をした。

突撃時間で生産向上

海軍では、一機でも多く、一刻も早く零戦をつくって航空隊に送りたいという強烈なニーズがあった。

突撃時間

午前1000から1050まで

みんなで守ろう

1. タバコを吸わない
2. 酒を飲まない
3. 冗談を言わない
4. 厠に行かない

総組立工場では、この要求に応えるため「突撃時間」というスローガンを看板にして、午前十時から十時五十分の間、工場内に掲げた。看板には「突撃時間」内に守るべきルールも書かれていた。

この時間帯には、海軍士官がバット（「改心棒」と呼ばれた）をかついで、サボっている人はいないかと工場内を見回った。

看板は高さ六メートル、幅五メートルほどの大きなもので、工場中央の見やすいところに掲げられた。

組長が説明してくれた。

「この『突撃時間』中には、みんな戦地の兵隊さんのように、敵陣に突撃するように働くんだ。看板に書かれた四つの決まりを守ろう。わかったね」

「はい、わかりました」

初の休日は栄町へ

民間工場に派遣されてから初の休日が来た。

小林、金田と僕の三人は、一緒に出かけることにした。

「名古屋の栄町に行こうよ。食べ物屋がたくさんあるって」

食いしん坊の金田が言う。

「じゃ、市内電車で行こう」

僕らは市電に乗った。

栄町に着くと百貨店の前に長い行列があった。

「この行列、何だろうね」

と小林が言う。

さっそく金田が並んでいる人に聞きに行った。

「食パンが買えるんだって。僕らも並ぼうよ」

半時間後、やっと一人一枚の食パンを手に入れた。

「もう一枚食べようよ」

僕が言うと、

「やめろよ、あっちに屋台があるから、焼き肉を食べよう」

と、金田が主張した。

焼き肉の屋台にはいすがなかったので、みんな立ち食いだった。僕らも立ったまま食べた。

向かいの店の前にも長い行列ができている。雑炊を売っているようだ。

「まだおなかがすいてる。雑炊も食べてみよう」

と小林。

また三十分並んで、雑炊にありついた。三人とも雑炊を食べるのは初めてだ。

初めて食べる雑炊は、とてもおいしかった。

「もう一杯食べよう」

僕らはまた行列に並んだ。

初の休日は、こうして食べ物屋巡りで過ぎていった。

新しい作業

一ヵ月たったころ、鈴木組長に呼ばれた。

「中山君、今日から新しい作業をやってもらうよ」

「どんな作業ですか」

「もっと大切な仕事、ワイヤ・ロープ伝動の作業だ。操縦桿の操作をワイヤ・ロープを介して補助翼（エルロン）、昇降舵（エレベーター）と方向舵（ラダー）に伝えて正確に動くようにする作業だ」

組長は、作業に使うワイヤ・ロープを手に説明を続けた。

「これは所定の長さに切ったロープだが、このままでは使えない。ロープの端部をこのシンブルという金具で止めてから使うんだ」

組長は、開口部のつぶれたU字型の金具を見せた。

「まずこのシンブルにロープを巻き付ける。ロープの端部はシンブルの根元から約九センチ出す。それからシンブルの根元を針金で縛ってロープが外れないようにするんだ。そしたら九センチ出したロープの端部をカラス口（プライヤーの一種）を使ってもう一本のロープとねじり合わせて一本のロープにする」

組長は、端部の処理をしたロープを見せた。

「最後にこうしてロープの端部をハンダ付けする。そうしておけばワイヤ・ロープは緩まない。このロープを操縦桿に取り付けるんだ」

鈴木組長は、僕を熟練工の吉田さんのところに連れて行った。

「吉田君、高座廠から来た台湾少年工の中山君だ。今日からコンビを組んで仕事してくれ」

「よろしくお願いします」

僕は丁寧にお辞儀をした。

吉田さんは作業中の機体の前で作業の説明をしてくれた。

「私たちの仕事は、ワイヤ・ロープを操縦桿やフットバーに取り付けて、機体を操作できるようにする作業だよ。つまり操縦桿の操作で補助翼と昇降舵を上下に動かせるようにし、フットバーの操作で方向舵を左右に動かせるようにするわけだ」

主翼の補助翼を動かす

「中山君、操縦席に入ってロープを引っぱる準備をして」

吉田さんは僕に指示をすると、左主翼の翼内燃料タンクのそばから二本のロープを主翼後縁の補助翼の金具に取り付けた。

「いまロープを案内車にかけるから、中山君、引っぱってくれ」

「はーい、わかりました」

「それからロープを操縦桿に仮付けしなさい」

まもなく吉田さんも操縦席に入ってきた。

「二本のロープの端部を操縦桿の引き締め金具に取り付けて完了だ。右主翼の補助翼も同じ要領でやるんだ」

二人で右主翼のロープの取り付けも完了した。

「よし、まず操縦桿がなめらかに操作できるか確認しよう。右手で操縦桿を握って左右交互に傾けてみよう。異常はないか確認する」

零戦の補助翼

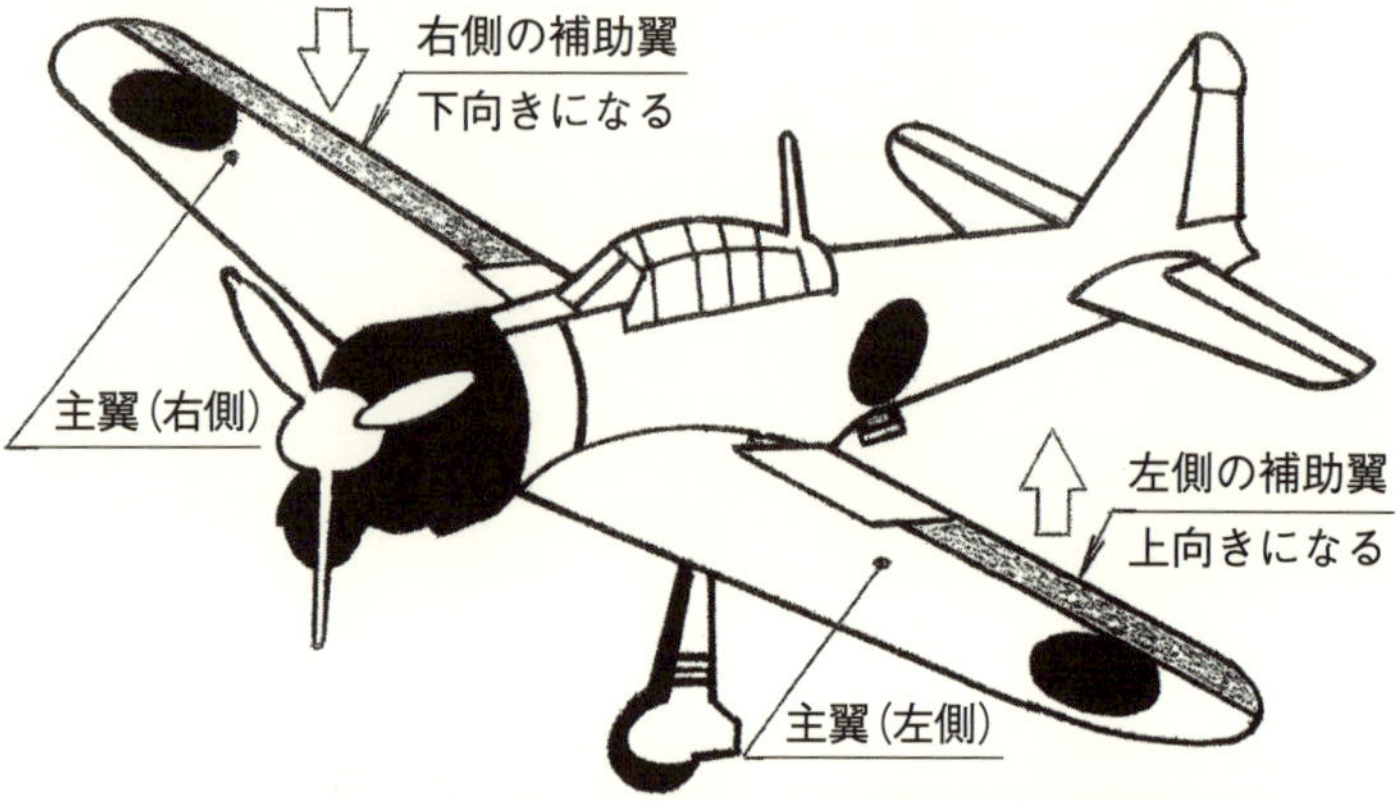

操縦桿左側に傾けると

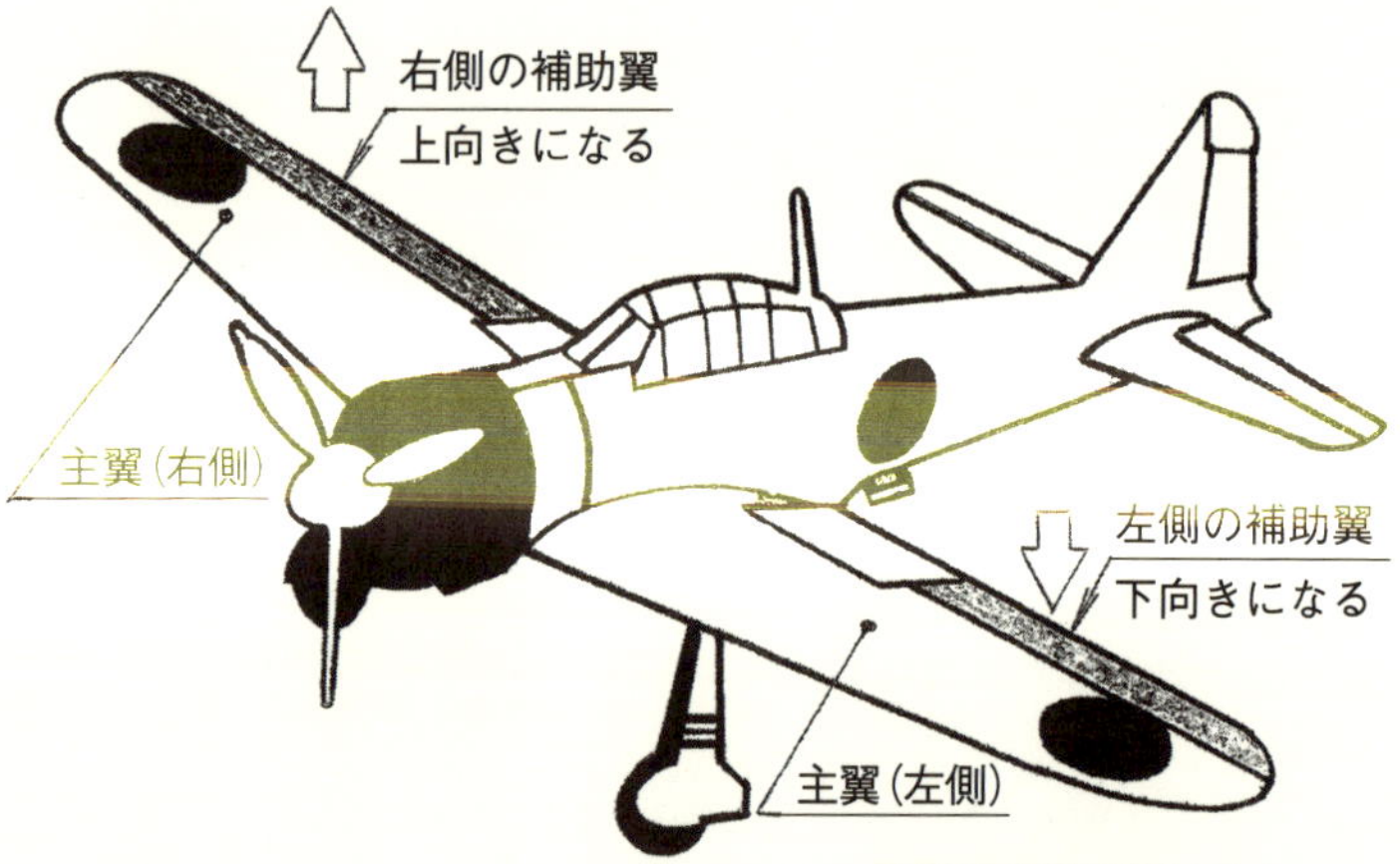

操縦桿右側に傾けると

「正常です」僕は答えた。

「操縦桿を左側に傾けると、左翼の補助翼は上向きになり、右翼の補助翼は反対に下向きになる。つぎに操縦桿を右側に傾けると、右翼の補助翼は上向きに、左翼の補助翼は下向きになる。補助翼は機体の左右の傾きを制御する役目があるんだ」

吉田さんは主翼の上に出て、補助翼の具合を調べた。

「中山君、左側の補助翼がなめらかに動作するか確認するから、操縦桿を左側に力一杯傾けてくれ」

「はーい」

「よし、補助翼は上向きになった。今度は右側に傾けてくれ。よし右側の補助翼も結構」

水平尾翼の昇降舵を動かす

「これからロープを昇降舵に取り付ける作業をする」

操縦席から入って水平尾翼の基部まで行った。

「ここから二本のロープ端部を昇降舵の金具に取り付ける。中山君、やってみて」

「はーい」

「よくできたね。つぎはこのロープを操縦桿まで引っぱる。ロープが長いから途中に案内車を三ヵ所設けて、引き締め金具を付けた二本のロープ端部を操縦桿に取り付けるんだ」

作業を終えると吉田さんが指示した。

「中山君、操縦桿がなめらかに操作できるか確認しよう。操縦桿を前後に動かしてごらん」

「少し緩いような感じがします」

「それでは、操縦桿の手前にある引き締め金具を強く締めて調整してみよう。中山君、締めてみて」

僕は金具を調整して、もう一度操縦桿を動かしてみた。

「もう正常です」

吉田さんは水平尾翼の後方に回り、昇降舵の具合を調べた。

「中山君、今度は操縦桿を力一杯後ろに引いてみてくれ。よし、昇降舵は上向きになった。つぎは前に一杯に押して。はい、結構」

吉田さんは詳しく説明してくれた。

「操縦桿を後ろに引くと昇降舵が上向きになって、機体は上昇する。反対に前に押すと、昇降舵は下向きになって、機体は下降するんだ」

零戦の昇降舵

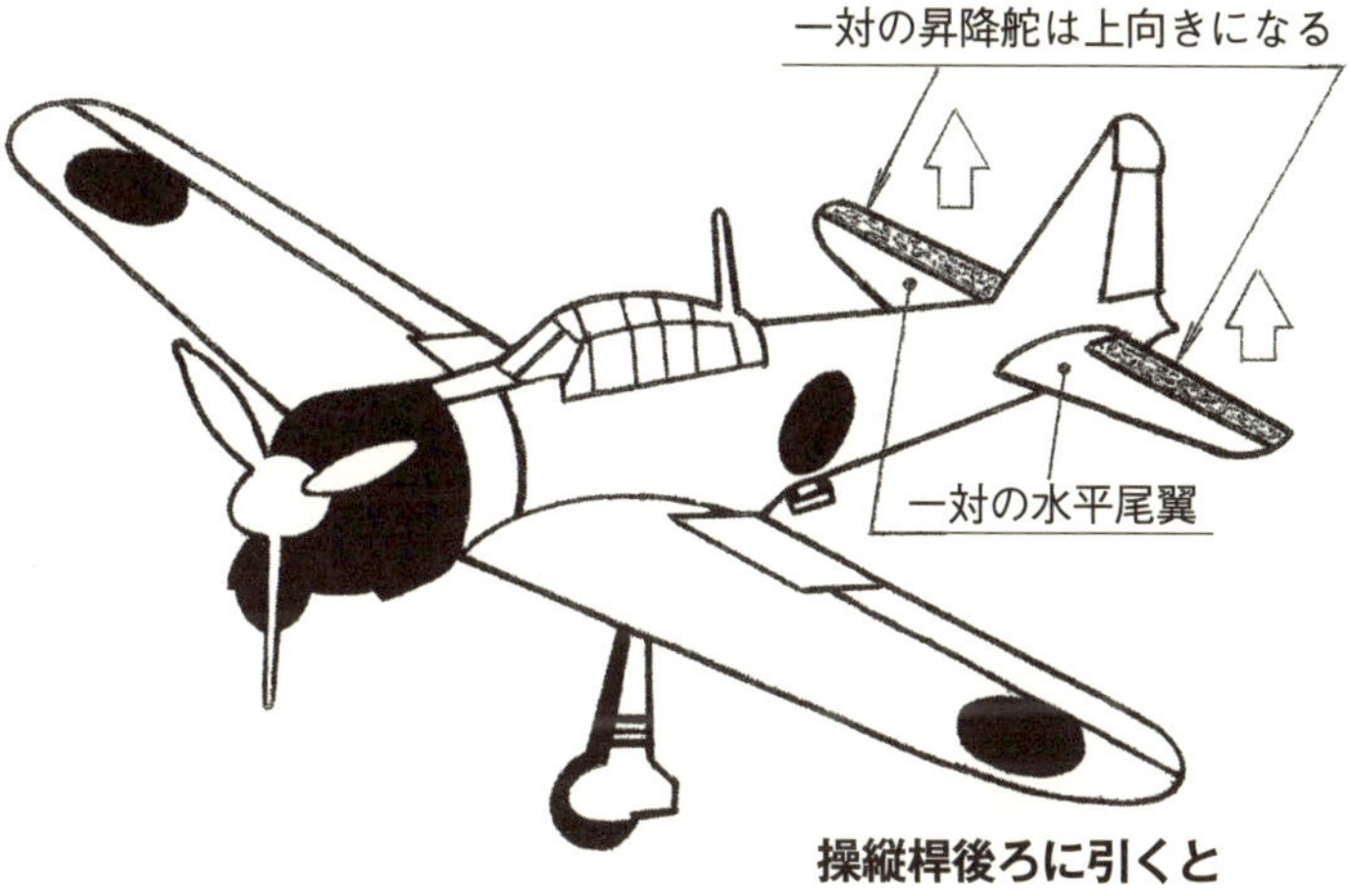
一対の昇降舵は上向きになる
一対の水平尾翼
操縦桿後ろに引くと

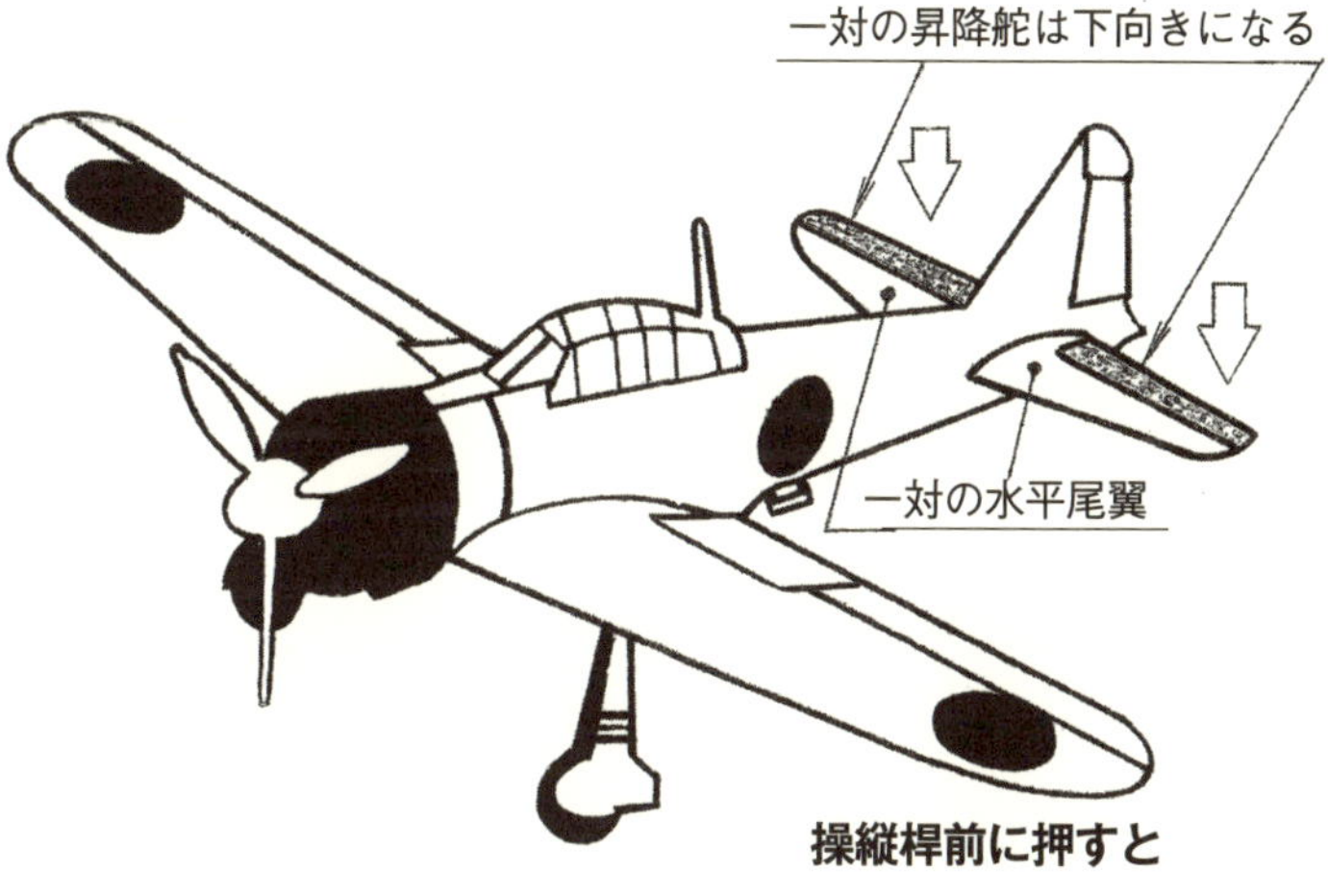
一対の昇降舵は下向きになる
一対の水平尾翼
操縦桿前に押すと

垂直尾翼の方向舵を動かす

「つぎに、ロープを垂直尾翼後端の方向舵に取り付けよう」

操縦席から胴体に入って垂直尾翼の基部まで行った。

「二本のロープ端部を方向舵に取り付ける。中山君、やってごらん」

「はーい」

「その二本のロープを操縦席の足元にあるフットバー（踏み棒）まで引っぱって来る。さっきの昇降舵と同様、途中に案内車を三ヵ所おいて、引き締め金具を付けたロープ端部をフットバーの両端に取り付ける」

僕が取り付けを終えると、吉田さんが言った。

「フットバーの動作を確認するから、両足でバーを動かしてみて」

「右側のフットバーがやや緩いようです」

「では、フットバー手前の右側の引き締め金具を締めてごらん」

僕は、言われたとおり右側の金具を調整した。

零戦の方向舵

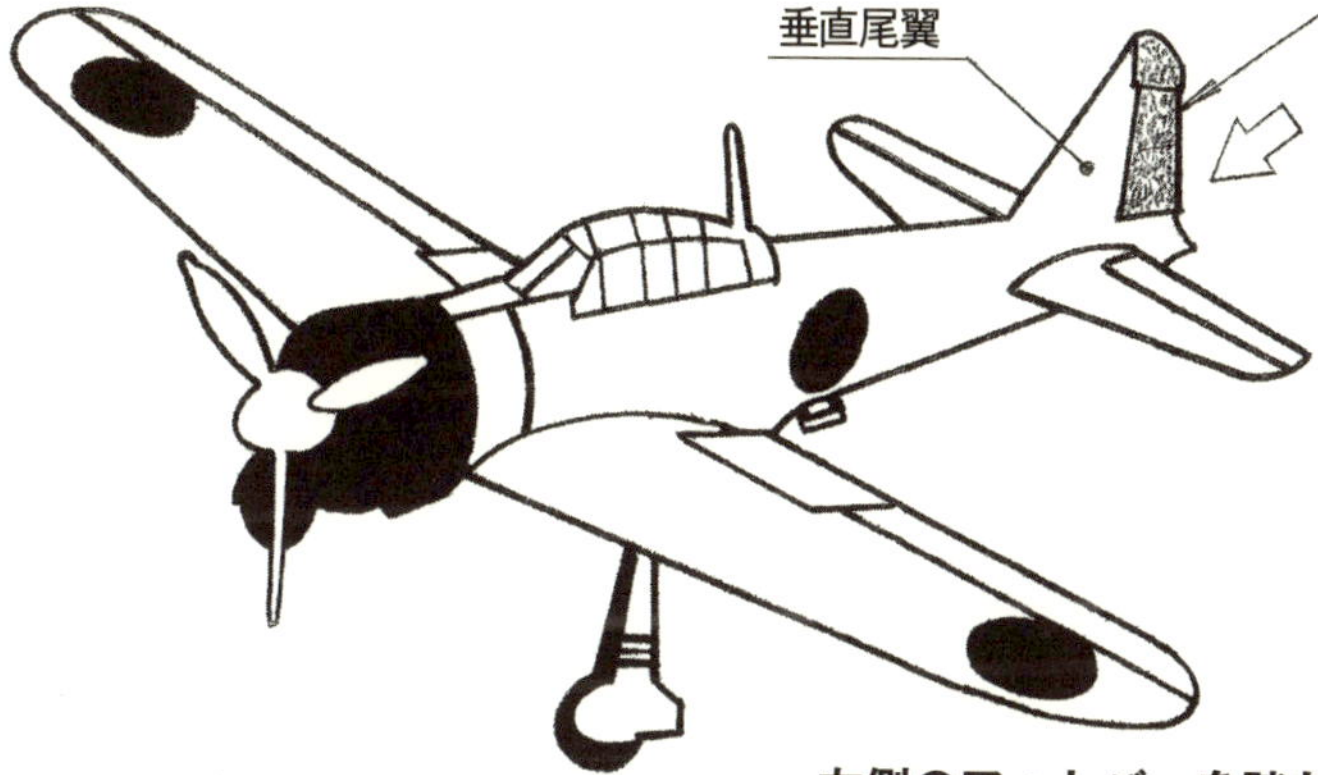

左側のフットバーを踏むと

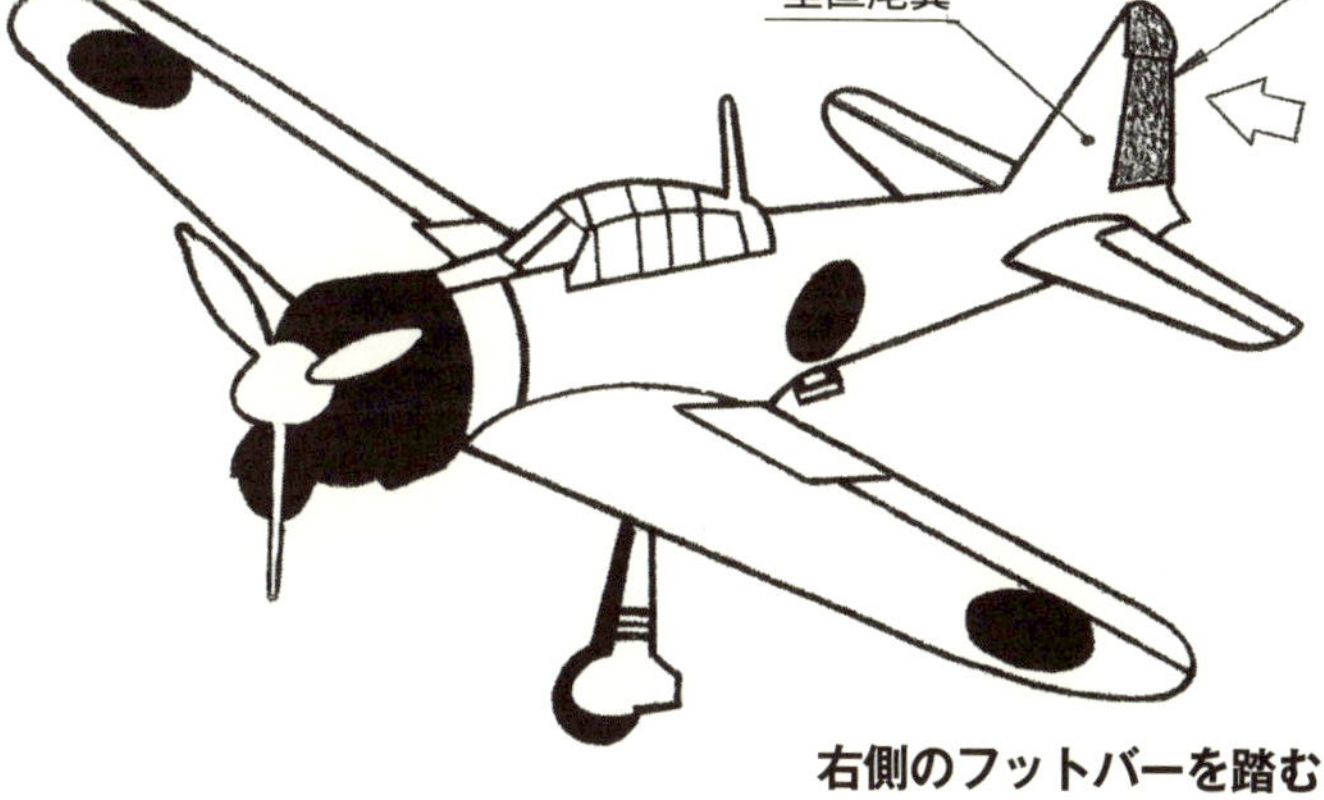

右側のフットバーを踏むと

吉田さんは方向舵を外部から確認する。

「まず、左側のフットバーを踏んでくれ。方向舵は左向きになった、結構。つぎは右側を踏んで。はい、結構」

「方向舵には、どういう役割があるんですか」と僕は聞いてみた。

「左側のフットバーを踏むと、方向舵は左向きになって機首は左に向く。右側を踏むと方向舵は右向きになって機首は右に向く。つまり自動車のハンドルとおんなじだな」

翌日、鈴木組長に声をかけられた。

「中山君、昨日はよくやったね。十二機分のロープ伝動組み立て作業は全部検査をパスしたよ。もし、取り付け不良で手直しが必要になったら残業になるからね。今後も十分気を配って、ミスのない作業をお願いするよ」

熟練工不足に悩んだ鈴木組長は、予想以上の働きをした僕を大切に扱ってくれた。

長官機見学

「組長、昨日台湾から小包が届きました。これ、つまらないものですが、皆で召し上がってください」

僕は送られてきた干しバナナなどの食べ物を組のメンバーに食べてもらった。

「どうもありがとう」

みんなおいしそうに食べていたが、第一高女増産報国隊員の岩田さんだけ食べていなかった。

「おい、岩田君、どうして食べないの」

組長が聞いた。

「家で母と一緒にいただこうと思って」

「そうか、親孝行だなあ」組長が褒めた。

「中山君、台湾でも干しバナナって食べるのかい」

吉田さんに聞かれた。

「いいえ、干さないでそのまま食べます。僕も干しバナナは初めて食べました。生のままよりずっとおいしいなあ」

同じ組にいた名古屋出身の木村君（十六歳）は、高等小学校修了後、この工場で働いた。以前から少年飛行兵を目指した木村君は、予科練の試験に合格した。

「中山君、長官機を見に行こう」

木村君に誘われた。

「長官機ってなあに」

「山本五十六連合艦隊司令長官がブーゲンビル島で戦死した時に乗っていた一式陸攻（一式陸上攻撃機）のことだよ。ほら、あっちの生産ラインに六機ならんでる」

木村君と僕は、陸攻の胴体に忍び込んだ。木村君は興奮して僕に言った。

「あの日、長官はこの座席に座ってたんだよ。でも、アメリカ軍のロッキードP38に撃墜されたんだ。僕は立派なパイロットになって、山本長官の仇を討つんだ」

組長の家に招待される

鈴木組長は、僕を我が子のようにかわいがってくれた。

ある日、僕は組長に声をかけられた。

「中山君、来週の日曜日はひまかい」

「はい」

「一緒に東山動物園に行かないか」

「いいですね」

「じゃあ、十時までにうちに来てくれるかな」

「はい、楽しみにしてます」


つぎの日曜日、僕は鈴木組長の家を訪ねた。

組長と奥さんが、大歓迎してくれた。

「中山君、よく来たね。さあ、上がって」

「鈴木の家内です。お待ちしてました。さあ、ここに座って」

「おばさん、こんにちは」

「動物園にはお昼ご飯を食べてから行こう。もう何年も動物園には行ってないが、今はライオンやトラなんかの猛獣はいないんだ。空襲で逃げ出したら大変だから、薬殺されたそうだよ」

鈴木組長が教えてくれた。

「ご飯ができましたよ、さあ召し上がって」

「わあ、おいしそうなごちそうですね」

「きょうは、満州に出征した健治が帰ってきたような感じがしますわ」

奥さんはうれしそうだった。

「そうだね、中山君はうちの健治によく似てるね」

組長が言った。

「ケンジって、誰ですか」

「うちの一人息子だよ。召集されてね」

食事を終えて、鈴木組長夫妻と僕は、電車で動物園に向かった。

最初は東山動物園で薬殺された猛獣の剥製展示エリアだ。ライオン、トラ、ヒョウなどの剥製が並んでいた。鈴木組長は、それぞれの猛獣について解説してくれた。

「中山君、動物園は初めてかい」

「はい、台北には丸山動物園がありますが、まだ行ったことはありません」

それから、キリンやシマウマ、ゾウ、カバなど、いろいろな動物をゆっくりと見て回った。

「中山君、今日は来てくれてありがとう。晩ご飯の前に寮に帰った方がいいね」

「はい、そうします。今日はとても楽しかった。どうもありがとうございました」

「休みの日に、また来てくださいね。楽しみに待ってるわ」

組長の奥さんは名残惜しそうだった。

引き込み脚高圧ホース配管作業

三ヵ月後、また新しい作業に回ることになった。

「中山君、今日から熟練工の田中さんとコンビを組んで、引き込み脚の高圧ホース配管作業をやってくれ」

組長が田中さんに紹介してくれた。

田中さんと僕は、さっそく作業の準備を始めた。田中さんが作業について説明してくれた。

「引き込み脚というのは、飛行中は油圧で主翼内に収納する方式の主脚のことだ。私らの仕事は、油圧ポンプから油圧シリンダーへの高圧ホースの配管作業だ」

引き込み脚は左右の主翼下面に一本ずつ、二本が連動するようになっている。

「まず、高圧ホースを油圧ポンプに取り付けるから、操縦席に入ってくれ。左の主翼から二本の高圧ホースを差し入れるから、先端が見えたら少しずつ引っぱってくれ」

僕が操縦席に入ると、田中さんが最初左翼側から二本、つぎに右翼側から二本の高圧ホースを差し込んできた。

「中山君、中からホースを引っぱってくれ」

田中さんも操縦席に入って、手順を説明してくれる。

「これが油圧ポンプだ。最初の二本のホースをここに接続する。つぎの二本はそこに接続するんだ」

油圧ポンプの配管を終えると、僕らは操縦席から左翼の上に出た。

「これが左引き込み脚用油圧作動シリンダーだ。最初に油圧ポンプに取り付けた二本の高圧ホースの反対側の端部をここに接続する」

左主翼の配管が終わると、右主翼に移った。左側同様に右主翼の配管も接続する。

「いろいろ説明したが、もうわかったかね」

「はい、作業手順はわかりました」

翌朝、田中さんと僕は、昨日配管した機体の前に立っていた。

「油圧作動オイルはほかの組が充塡した。今日は、引き込み脚が確実に主翼内に収納されるかを確認しよう」

田中さんに続いて、操縦席に上がった。

零戦の引き込み脚

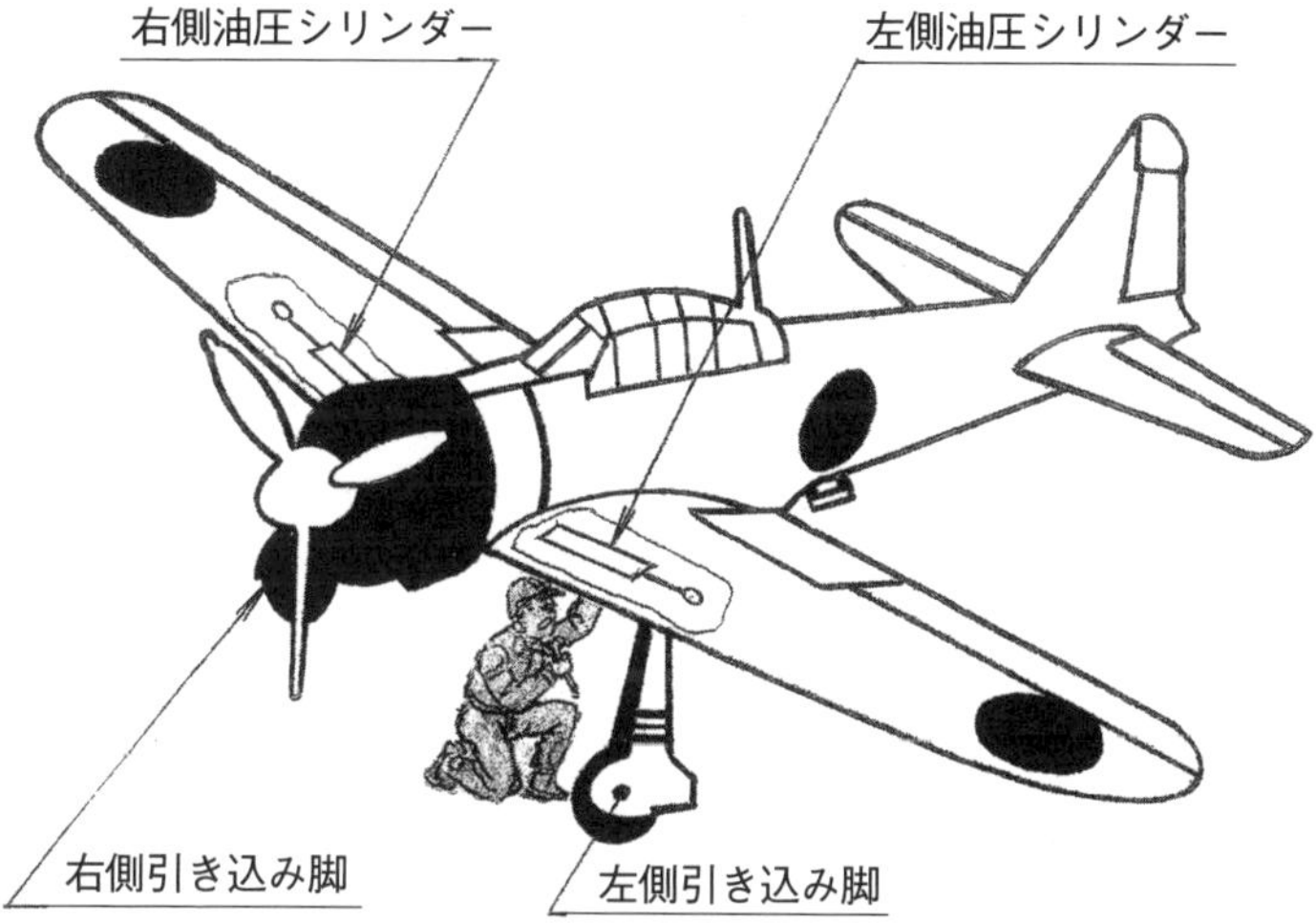

「昨日、配管した油圧ポンプは手動式なんだ。この操作レバーを前後に六回ほど動かすと、脚を主翼内に収納することができ、同時に自動的にロックされる。ロックを解除すれば脚を徐々に下ろすことができる」

田中さんが教えてくれた。

「中山君、操縦席に座って。左手で操作レバーを握り前後一杯に六回、動かしてみなさい」

田中さんの指示で、引き込み脚は徐々に主翼内に収納された。その状態で田中さんが操縦席から降りて機体の下に行き、左右の引き込み脚の作動状況を確認した。いずれも正常に収納されていた。

「さあ、今度は脚を降ろしてみよう。操作レバーのそばにあるロック・レバーを押してロックを解除してから操作レバーを前後に六回動かしなさい」

脚は徐々に下ろされた。田中さんはまず左側油圧シリンダーの高圧ホースの配管を調べた。ジョイントに油漏れがあった。

「中山君、ここに油漏れがある。もう一度継ぎ目を強く締めなさい」

僕は工具を使ってジョイントを締め直した。

その間に田中さんは、右側の脚の配管も確認した。油漏れはなかった。

「引き込み脚の配管はこれで完成だ。あと十一機あるから、最後までがんばろうな」

田中さんのことばに、僕は大きな声で返事をした。

「はい、がんばります」

零戦の胴翼工場

僕が零戦の総組立工場で孤軍奮闘していたとき、別の工場に配属された小林と金田はどうしていたのか。あとで聞いた彼らの作業の様子を記してみよう。

小林は、零戦の胴翼工場に配属された。工場には胴体の前半部と主翼が連結された骨格（フレーム）三十六基が配列されていた。

高木組長は小林を熟練工の村上さんのところに連れて行き、コンビで作業をするように言った。

村上さんは二人で行なう作業の説明をした。

「われわれの仕事は、胴翼外鈑（ジュラルミン鈑）を張る作業だ。まず、外鈑張り練習用骨格を使って、鋲打ちと当て盤《ばん》の練習をしよう」

熟練工は外鈑の穴あけと鋲打ちの作業、少年工は最初は当て盤の担当だ。

まず、熟練工が電気ドリルで外鈑に位置決め用の穴をあけ、その外鈑を骨格の上に乗せる。固定したら次の外鈑を重ねてつなぐ（つなぎ目の幅は約三センチ）。

つぎに熟練工は空気ハンマーを右手に持ち、左手で鋲を取り穴に差し込む。外鈑の裏側で待つ少年工は鋲先が見えたら手で「トン、トン」と軽くたたいて合図をする。熟練工も「ピャン、ピャン」と軽く鋲打ちする。そのとき少年工は軽く調子を合わせて当て盤を鋲先に当てる。

重ねた二枚の外鈑のつなぎ目には目に見えない隙間があるが、軽くハンマーを打ち、軽く当て盤を当てると、二枚の外鈑が密着して隙間がなくなる。

「もし外鈑の間に隙間があると、そこから空気が入り、鋲がつぎつぎに外れて外鈑がはがれ、事故の原因になるんだ」

村上さんは小林に説明した。

熟練工が胴体の外側から空気ハンマーで鋲を打ち込むと、内部では少年工が当て盤を当てて支え、鋲を挟んだ両者の合力で鋲の先端がつぶれて、骨格に外鈑が固定されるのである。

一週間後、小林は鋲打ちの作業に回ることになった。コンビを組む当て盤担当は、腕章を巻いた名古屋市立第一高女増産報国隊の田辺さんだ。彼女はすでにこの工場で二ヵ月働いており、鋲打ちはもう一人前である。

「わからないことは、どしどし田辺君に質問しなさい」

　高木組長は小林を田辺さんに紹介した。

「台湾から来た小林君だ。小学校を出たばかりの十三歳だから、田辺君の弟みたいなものだな。いろいろ世話してやってくれ」

「よろしくお願いします」

　小林は丁寧にお辞儀をした。

「まず、鋲打ちの練習をしましょう。空気ハンマーで鋲を打つときには、まず軽く引き金を引いてみて異音がなかったら正式に引き金を引くこと。一番大切なのは、空気ハンマーの先端を鋲の頭部に垂直に下ろして打つこと。絶対に斜めに傾いた状態で打ってはいけません」

　田辺さんの指導を受けながら、小林は鋲打ち作業にかかった。

　翌朝、小林は早めに現場に入った。前日の鋲打ちの検査結果が気になったのだ。

　幸い、手直しの指示はなかった。組長がやって来た。

「小林君、がんばったな。初めての鋲打ち作業は、全部合格したよ。ただ、もう少し作業を早くできないかな。いまは一機でも多く航空機を前線に送りたいんだ」

「はい、がんばります」

零戦の尾翼工場

金田が配属されたのは、零戦の尾翼工場だった。

ここには胴体の後半部と尾翼が連結された骨格三十六基が並んでいた。

作業は尾翼の外鈑張りである。

尾翼工場の佐々木組長の指示で、金田も小林同様、最初は熟練工の豊田さんとコンビを組んで鋲打ちの当て盤を担当し、一週間後には、高女産業報国隊の関口さんとペアを組み、空気ハンマーを持って鋲打ちにも取り組んだ。

金田も、最初の鋲打ちから検査に合格したという。検査官にも褒められたそうである。

ただ、組長からはもっと作業のスピードを早くせよとの要望が出されたとか。航空機増産の声はいよいよ高くなっていたということだろう。

零戦後部胴体の鋲打ち作業（情報局「寫眞週報」昭和18年11月10日号の表紙）。

B29爆撃機の偵察飛行

三菱航空機に派遣されてはや四ヵ月、昭和十九年の十一月になった。

戦局が日に日に厳しくなっているのは、僕らにもわかっていた。

今日は二週間ぶりの休日で、僕は小林と金田を東山動物園に案内する予定だった。しかし、この日は朝から警戒警報（敵機来襲の恐れがある場合発令）のサイレンが鳴ったので取りやめた。

「内地に来て初めて警報のサイレンを聞いて、びっくりしたね」

僕が言うと、小林が提案した。

「今日は外出しないで部屋の整理をしようよ」

やがて、寮の廊下の拡声器から放送があった。

「少年工の皆さん、空襲警報（敵機来襲の場合に発令）のサイレンが鳴ったら、ただちに自分の布団を担いで広場に退避、布団をかぶって地面に伏せてください。爆弾の破片を避けるためです」

寮長からの指示だった。

当時、工場には千名余りの少年工全員を収容できる防空壕はなかった。唯一の退避場所は寮の広場だった。

まもなく、「空襲警報」が鳴った。寮長がメガホンで「退避！　退避！」と叫んでいた。僕たち三人も自分の布団を担いで広場の隅に退避した。

やがて、Ｂ29爆撃機二機が、朝日をキラキラと反射させながら飛来してきた。僕たちが布団をかぶっている広場の真上を通過し、大江工場の方に飛び去った。爆撃ではなく偵察飛行のようだった。

「みんな聞いてくれ。Ｂ29が頭の真上に来たら、もう布団は必要ない。立ち上がっても大丈夫だ」

寮長が呼びかけた。

「どういうことですか」

小林が聞いた。

「飛行機から爆弾を投下すると、ものを投げたときの曲線、すなわち放物線を描いて落ちてくる。真下には落ちてこない。だから、Ｂ29が真上を飛ぶときは、絶対安全なんだ」

寮長が説明してくれた。

遠くで零戦二機が迎撃しているようだった。しかし、Ｂ29は高度一万メートルをゆうゆうと飛んで航空写真を撮ってゆく。零戦は果敢に攻撃を加えるが、びくともしない。そのままＢ29は視界から去って行った。


やがて、空襲警報解除のサイレンが鳴った。僕たちはまた布団を担いで部屋に戻った。

「ホッとしたよ。さっきのＢ29は偵察にきたんだね」

僕が言うと、金田が聞いた。

「もし、爆弾を投下したら僕たちはどうなるかな」

「直撃弾を受けたら、みんな木っ端みじんだ」

と小林。

わずか一ヵ月後、菱明寮空襲で広場に爆弾が投下されることになるなど、みな夢にも思っていなかった。

敵の爆撃目標は大江工場

昭和十九年十一月二十四日、マリアナ基地から飛び立ったB29爆撃機による日本本土への本格的な空襲が始まった。航空機を製造する名古屋の三菱大江工場もアメリカ軍の主要爆撃目標となった。

昭和十九年十二月十八日、大江工場での昼食時間に突然、警戒警報のサイレンが鳴った。名古屋大空襲の始まりだった。

わが第一中隊の富永指導員は、すぐに退避命令を発した。

「敵機の爆撃目標は大江工場だ。工場におるのは危険だ、寮の広場に退避せよ！　いまから駆け足で寮に帰れ」

富永指導員が率いる二百名の少年工が駆け足で寮に戻っている途中で、空襲警報が発令された。工場から寮までは約四キロの道のりだったが、寮に到着する前に、もう敵機が来襲したのだ。

寮に着いた少年工たちは、われさきに布団を担いで広場に退避した。

マリアナ基地を発進したB29爆撃機約七十機の大編隊が大江工場を爆撃した。その第一波九機は真っ先に総組立工場を爆撃、続いて胴翼工場も爆撃された。

広場に退避した第一中隊の少年工たちは、初めての空襲に不安な気持になった。やがて爆弾がドカーン、ドカーンと炸裂する音が、大江工場の方から聞こえてきた。

「寮に退避したのは、わが第一中隊だけだ。他の中隊は工場内の防空壕か、近くの広場に退避している」

富永指導員が言った。

B29の編隊は十六波に分かれて大江工場を爆撃し、午後零時三十分から四時まで四時間近くの大空襲で大江工場はほとんど壊滅した。


まもなく、空襲警報は解除された。

工場内の防空壕から人々が外へ出てきた。しかし、多くの防空壕が爆弾の直撃を受け、台湾少年も多数が犠牲になった。

小林が避難した防空壕は、直撃弾を免れ無事だった。金田も、胴体工場の少年工とともに海岸に避難して無事だった。

工場長の退勤命令で、工場に残っていた少年工たちは寮に帰った。広場に集合して、寮長が点呼をとった。行方不明者は二十五名だった。

寮の広場で再会した小林と金田と僕は、抱き合って泣いた。

「みんな無事で良かった。僕たちは富永指導員の指示で真っ先に寮に帰ってこれたけど、工場から爆弾の炸裂音がしてきたときは、君たちのことを本当に心配したよ」

僕がそう言うと、小林は工場の爆撃の様子を話してくれた。

「僕は組長らと職場の防空壕に退避した。爆弾がつぎつぎに投下され、壕は大きく揺れて、

日本本土に爆弾を投下するアメリカ軍のB29爆撃機の編隊。

崩れ落ちるのではないかと思った。幸い、直撃弾は受けなかった」

一方、金田は、

「僕の工場は海岸に近いから、みんな海辺に避難した。少年工は全員無事だった」

ということだった。


この大空襲の翌日、少年工たちはいつも通り工場に出勤した。

総組立工場では、昨日まで整然と並んでいた零戦の完成品二十四機が、爆撃で全滅していた。職場の防空壕に避難した人はなかったが、ほとんどの防空壕は直撃弾で崩落していた。

爆弾は屋根のスレートを貫いて、並べられていた零戦に直撃したようだった。エンジン、操縦席、主翼、胴体、尾翼はことごとく破壊され、目も当てられないほどだった。

床一面にスレートの欠けら、ガラスの破片、板切れ、外鈑の切れ端などが散乱していた。

僕が職場に着いたとき、組長らはもう来ていた。

「中山君、無事でよかった」

隣の組の少年工・豊原出身の松田だった。

「富永指導員の指示がなかったら、僕らも直撃弾を受けて死んでたかもしれない」

と言うと、松田は、

「僕らが一生懸命つくったA6がめちゃくちゃだ」

と悔しがった。

B29が高度一万メートルから投下した爆弾は、総組立工場に並べられた零戦をことごとく破壊してしまった。

B29菱明寮を爆撃

大空襲の三日後、またB29が菱明寮に向かって飛んできた。朝、警戒警報のサイレンが鳴り、寮にいた少年工たちは、布団を担いで広場に集合した。僕、小林、金田の三人は今日も一緒だ。

「今日のB29は、わが寮を狙っているようだ。みんな、注意しろ」

寮長が警告した。

「また、空襲か。いやだな」

と、金田が悲しそうに言う。

「戦争とはこういうものだ。しかたないよ」

僕は慰めた。

いよいよ空襲警報が発令された。遠い雲間にB29の編隊が見えた。菱明寮めざして、まっすぐに飛んできている。

「みんな良く聞いてくれ。この広場から見上げたときの仰角が四十度ぐらいでB29が爆弾を投下したら、必ずこの広場に命中する。しっかり地面に伏せて、布団を全身にかぶせること」

寮長がみんなに注意した。

すぐに爆撃が始まった。耳の鼓膜が破れそうな大きな爆発音と同時に、目の玉が飛び出すようなひどい衝撃を受けた僕は、布団にくるまってすすり泣いた。

やがて爆弾の爆発が途絶え、飛行機の爆音も遠ざかった。今日は小規模な爆撃だったようだ。まもなく空襲警報解除のサイレンが鳴った。

「みんな起きろ、もう布団は不要だ」

寮長が命じた。僕ら三人は素早く布団を蹴飛ばして立ち上がった。

見回すと、爆弾が爆発して出来た大きな孔がいくつもあった。直径一メートル、深さ九十センチの孔が、僕ら三人が布団にくるまっていたところから十五メートルくらいの距離にいくつかあいていた。

「すごいな。もし直撃してたら、みんな死んじゃってたよ」

小林が孔をじっと見つめていた。

「そうだね、今日僕たちは命を拾ったんだ」

金田がつぶやいた。

広場で寮長が人員を点呼した。少年工は全員無事だった。

B29の攻撃目標だった大江工場は、爆撃で壊滅し、航空機の生産は不可能になった。そして、僕ら少年工は職場を失った。

第四章　川西航空機鳴尾工場

発動機組立工場に配属

昭和十九年十二月十八日、三菱大江工場がB29の大爆撃を受けて壊滅し、航空機の生産が不可能になった。

そこで高座廠は翌昭和二十年一月、三菱大江工場に派遣されていた僕たち少年工一千名余りを川西航空機鳴尾製作所に移すことにした。

鳴尾工場は、兵庫県武庫川郡武庫川の下流、大阪湾に面した海岸にあった。朝、専用列車に乗り込んだ僕たちは、その日の夕方、寄宿舎の工和寮に到着した。

鳴尾工場の近くに立つ工和寮は、木造平屋建てだった。

翌日、少年工千余名は、二百名の中隊単位に編成され、軍歌を歌いながら隊列を組んで工場に向かった。

鳴尾工場では、工場長が正門まで来られて、僕たちを出迎えてくれた。

まもなく朝礼が始まり、工場長の訓示があった。

つづいて、少年工の現場配置が行なわれた。

僕は発動機組立工場に配属、小林と金田は尾翼工場に配属されることになった。

発動機組立工場には、零戦のエンジン三十基が並べられていた。中隊長は僕を発動機部に連れて行き、小泉組長に挨拶した。

「三菱航空機から来た台湾少年工の中山君です。よろしくお願いいたします」

「中山君か、お国のためにしっかり働いてくれ」

「はい、がんばります」

僕は大きな声で答えた。

発動機アース線取り付け作業

小泉組長は僕が担当する作業を説明してくれた。

「中山君、君の仕事はエンジン・アース線の取り付け作業だ。ここにある三つの部品をよく見なさい。まず、これがアース線だ」

僕はアース線を手に取った。組長の説明が続く。

零戦が機首に搭載した栄エンジン。14基のシリンダーが環状に並んでいる。

「アース線は柔らかい銅線で両端にターミナルがあり、シリンダーに取り付ける際に使う。こっちの部品がワッシャーだ。エンジンには緩み止めの目的で、歯付きワッシャーが使われる。三つめの部品はねじ込みボルトだ。シリンダーには雌ねじが切ってあるので、このボルトにアース線のターミナルとワッシャーをはさんで、ボルトをねじ込んで締め付ける。わかったかね、中山君」

「はい」

「じゃあ、現場に行って実際にやってみよう」


作業現場に行くと、エンジンが木製の支持台に載せられていた。

「さあ中山君、台に上がって」

僕は支持台によじ登った。組長も続いて上がってきた。実物のエンジンで説明してくれる。

「これがシリンダーで、十四基ある。アース線はシリンダーを連結して電気的に接触させるんだ。全部で十四本ある」

「では、ターミナルは二十八個あるということですね」

「そのとおり。じゃあ、さっき見せた三つの部品を確認してみよう。アース線十四本、歯付きワッシャー二十八個、ねじ込みボルト二十八本。これがエンジン一基分の部品と数量だ」

小泉組長は、すらすらとそらんじてみせた。

「では、アース線を取り付けてみよう。まず、シリンダーの雌ねじが切ってある位置を確認してみようか」

「あった、ありました」

場所はすぐわかった。

「ねじ込みボルトは、アース線のターミナルとワッシャーをはさんでからシリンダーにねじ込んで締め付けるんだ。さあ中山君、やってみて」

組長が部品を手渡してくれた。

僕はボルトをワッシャーとターミナルの穴に差し込んでからシリンダーの雌ねじの部分に入れた。組長が作業の手順を説明した。

「はじめは左手でターミナルを押さえ、右手でボルトを仮締めする。その後、めがねレンチ（ハンドルの両端にリング状の口部がついたレンチ）でボルトをねじ込んで強く締め付ける。アース線のもう一方も同じ要領で取り付ければ完成だ」

僕は組長に言われたとおりにアース線を取り付け、ボルトをめがねレンチで締め付けた。

「これでいいですか」

組長は僕が取り付けたアース線をチェックした。

「中山君、君は腕力があるな。大人顔負けだ。よく出来てるよ」

と、褒められた。

「ここで歯付きワッシャーを取り付けるのを絶対に忘れるなよ。ボルトが緩まないようにする大事な部品だ。もし付け忘れたらアース線の接触不良でエンジンに深刻な問題が起きるかもしれないからね。よく注意して働いてくれ」

「はい、わかりました」

僕は残りの取り付け作業を続けた。

あとで、検査官が「熟練工に負けてない」と褒めていたと組長から聞かされ、僕はちょっと鼻が高かった。

休日は大阪城見学

川西航空機に来て最初の休日は、小林と金田と僕の三人で大阪城を見学することにした。

「金田君、外出用のお弁当は頼んだの」

と、僕が尋ねると、金田は自信ありげに答えた。

「昨日、注文しといた。外出用の昼飯と晩飯のお弁当三人分ずつ」

朝食後、食堂で三人分のお弁当を受け取った。各自、昼食は握り飯二個、晩飯は焼きパン一個だった。

「これじゃあ一度で食べちゃうよ。でも、大阪に行ったら食べ物屋がいっぱいあるからね」

小林の意見だった。


僕たちは電車で大阪へ向かった。

日曜日だったからか、大阪城は見学者でいっぱいだった。

大手門をくぐって城内に入る。四百年以上の歴史を持つ大阪城は、最初は豊臣秀吉によって建設され、その後、徳川幕府が修築したものだ。

「見てよ、この巨石を使った石垣。一番大きな石は、重量が百三十トンくらいなんだって」

「中山君、よく知ってるね」

小林が感心していた。

天守閣は、外から見ると五層、内部は八層になっていた。僕たちは天守閣に入った。

まず目に入ったのは、昔ながらの井戸だった。

「この井戸は古そうだね。昔のサムライも使ったのかな」

僕はそう言いながら、階段を上がって、天守閣の第一層に入った。

この階には、鎧《よろい》と兜《かぶと》を着用した武士の人形が陳列されていた。

「鎧は体を守るために、兜は頭を守るために身につけるんだ。革や鉄でつくられている」

「中山君、ガイドみたいだなあ。サムライのことよく知ってるね」

金田が感心したように言う。

「サムライの物語が大好きで、いろんな本を読んだからね」

僕たちは、陳列品をじっくりと見て回った。

「ここには、昔のサムライのにおいが残っているよ」

と、小林が言う。

「そうそう、そんな気分がするよね」

金田も同感のようだった。


僕たちは昼ご飯を食べようと、道頓堀まで足を伸ばした。

川に沿って屋台が二十五台くらいは並んでいる。僕はうれしくなってしまった。

「うわあ、屋台がいっぱいだ。まず、豚《とん》やきを食べようよ」

屋台はどこもイスはなくて、みな立ったまま食べていた。

「豚やき、すごくおいしいね。でも、これほんまの豚肉かな」

金田が聞く。

「いまじぶん屋台で豚肉なんか出せるわけないよ。きっとネズミさ。まあ、豚肉だと思って食べたらいいよ」

僕はニヤニヤしながら答えた。

少し先の屋台に長い行列が出来ていた。雑炊の屋台だった。

「中山君、こんどは雑炊を食べよう」

小林と金田が勧めるので、三人で行列に並んだ。

三十分並んで食べた雑炊は、とてもおいしかった。

キャブレター吸入管取り付け作業

鳴尾工場に来て二ヵ月ほどたったころ、小泉組長に呼ばれた。

「中山君、今日から新しい仕事をやってもらうよ」

「どんな仕事でしょう」

「キャブレター（気化器）吸入管の取り付け作業だ。現場で説明しよう」

僕は組長とエンジンの支持台にのぼった。

「そこにあるのがキャブレターで、これが吸入管だ。キャブレターには吸入管接続用フランジ継手《つぎて》（パイプの接続に使われる円盤状の部分）があって四本の植込ボルトがついているのがわかるかい」

「はい、わかります」

「吸入管の先端は四角いエアクリーナー（空気浄化装置）に接続され、反対側はフランジ継手でキャブレターに接続される」

「フランジには穴が四つあいてますね。これをキャブレターのフランジ継手の植え込みボルトにはめ込むんですか」

「そうだ。ただし、取り付ける前にもう一つ重要な部品、ガスケット（漏れ止めのシール材）を先に取り付けてから吸入管を植え込みボルトにはめ込むんだ。もしガスケットを取り付け忘れたら、吸入管から入った空気がフランジ継ぎ手から漏れてしまうからね。じゃあ、実際に取り付けてみようか」

僕は組長の指示通りに、ガスケットをフランジ継手に取り付け、それから吸入管のフランジをキャブレターのフランジ継ぎ手にはめ込んだ。

「組長、これでいいですか」

「よろしい。では、この四個のナットで仮締めして、その後、サポートを取り付けて吸入管を固定する」

僕は何とか所定位置にサポートを取り付けた。

「今度は、実際にナットを締め付けよう。ナットの緩み止め対策に、二つのナットを重ねて使用する。このとき、下のナットはロックナット（止めナット）といって、上のナットよりやや薄くなっている」

めがねレンチを使って、ロックナットを締め付けた。

「四ヵ所のナットを締める順序は、対角線の順に締めること。続けてやってみて」

指示の順序で四ヵ所のナットを締め終えた。

「うん、よく出来たね。四個のナットの締め付けのバランスも良くとれている。つぎは上のナットを締めてみよう。さっきと同じく対角線の順に締めるように」

上側の四つのナットを締め付ければ、作業は完了だった。

「では、いまの要領で吸気管の取り付け作業を続けなさい。キャブレターはエンジン内に混合気を送る重要な装置だ。がんばってくれ」

「はい」

僕は元気よく答えた。

この頃、尾翼工場に配属された小林と金田は、ペアを組んで空気ハンマーと当て盤を手に外鈑張りを行なっていた。

尾翼部分は作業空間が狭く、場所によって各種の当て盤を使い分ける必要があり、コツを覚えるのが大変だったそうだ。

撃墜されたB29の残骸を参観する

ある休日、僕たち三人は撃墜されたB29の残骸を見に、大阪まで出かけていった。残骸は大阪駅前広場に展示されているとのことだった。

大阪駅に降り、広場に出ると、大勢の見学者がいた。

「おお、君たちも来てたんか」

富永指導員だった。

「このB29は、いつ撃墜されたんですか」

僕は指導員に聞いてみた。

「一週間ほど前だ。新兵器のロケット砲で撃ち落としたんだそうだ。B29の来襲高度を上

回る一万二千メートルまで撃てるんだって」（当時は、こんな新兵器の噂があった）

先に帰るという富永指導員と別れ、僕たちは残骸をじっくり見て回った。

「うわあ、スゴイでっかいタイヤだ。Ａ６の五倍ぐらいあるよ」

僕はびっくりした。

「この外鈑曲げてごらん、容易に曲がらないよ。Ａ６よりずっと厚いんだ」

小林が言った。

「リベットも太くて長いな」

と金田が言うと、小林は、

「それじゃあ空気ハンマーのパワーもずっと大きいんだろうね」

と、経験に基づいた、さすがの観察眼を披露した。

関西方面に警戒警報発令

Ｂ29爆撃機による本土空襲は、次第に激しくなった。航空機をつくっている川西鳴尾工場も、アメリカ軍の主要爆撃目標になっているにちがいなかった。

その日は日曜日だったが、朝から警戒警報が発令された。

「大阪警備府管区警戒警報、敵Ｂ29九機はマリアナ群島を経て北上中であります」

廊下の拡声器の放送だった。

「少年工のみなさん、身の回り品を風呂敷に包んで武庫川の河原に退避しなさい」

寮長の退避命令だった。

十一時近くになって、警戒警報解除のサイレンが鳴った。

中隊長の話では、きょうのＢ29は関西方面には来なかったとのことだった。


翌月曜日の朝、少年工たちが工場で懸命に作業に取り組んでいる時に、また警戒警報が発令された。工場長はすぐに退避命令を発した。

「中隊長、先に寮に帰って、身の回り品を持ってから武庫川に避難したいのですが」

と、僕は提案してみた。中隊長の許しを得た僕らの中隊の少年工は、みな寮に寄って各自身の回り品の風呂敷を担いで河原に走った。

「うわあっ、荷物を担いで走るのはつらいよ！」

小林が悲鳴をあげた。

十一時近くに警戒警報が解除になると、僕らは工場の仕事に戻った。

爆撃目標は鳴尾工場

昭和二十年六月九日、この日は朝からいい天気だった。

少年工たちが工場で作業中に、警戒警報が発令された。工場長はすぐさま退避を命じた。荷物を担いで走るのはたまらないという意見が多かったので、今度は寮に寄らずに直接武庫川の河原に退避することとなった。ここには少年工約六百名が避難した。

河原について間もなく、空襲警報が発令された。

「Ｂ29の大編隊は大阪方面に飛来するそうだ。おそらく爆撃目標は鳴尾工場だろう」

中隊長が言った。

やがて、Ｂ29が来襲した。爆撃機の大編隊は、鳴尾工場を集中的に爆撃した。つぎつぎに投下される大型爆弾が、ドカーン、ドカーンと炸裂、ものすごい爆発音が武庫川の河原でも聞こえた。

爆発音の後、各工場はたちまち火の海になった。わが上和寮も火災が発生した。焼夷弾も投下したようだった。

武庫川の対岸の大阪も、爆撃目標になっていた。爆弾と焼夷弾が投下され、大火災が発生、立ち上る大量の煙で太陽が遮られ、あたりは夜のように暗くなった。

工和寮焼失

やがて、空襲警報は解除された。

「中山君、寮の様子を見に行ってみないか」

中隊長が言う。

「すっかり暗くなってるから道が見えないだろうし、どうやって行くんですか」

僕はあまり気がすすまなかった。

「工和寮はまだ燃えてるから遠くからでもよく見えるし、周りはほとんど芋畑だから、寮を目当てに駆け足でまっすぐ行けば大丈夫だよ」

結局、中隊長と一緒に僕を含め少年工六人が寮に行くことになった。

中隊長を先頭に、寮目指して走った。

芋畑にさしかかったとき、不意に「池」の中に胸の深さまで落ち込んだ。

「うわあっ、なんだ。臭い、臭い、臭くてたまらん」

僕は大声で叫んだ。

家畜の糞尿を蓄える糞便池だった。

必死で這い上がると、中隊長の他、四名が糞尿まみれになっていた。

「ここにこんなものがあるとは思わなかった。すまん、すまん」

中隊長が謝った。

「寮に行くのはもうやめだ。武庫川に行って体を洗うのが先だ。着替えは他の中隊からもらおう」

川の水で体をキレイに洗い、着替えて、ようやくホッと一息ついたら、猛烈に腹が減ってきた。朝食の後、何も食べていないのだ。

「あとで食堂から一人に一個、パンを分配するそうだ」

中隊長がどこかから聞いてきた。

「工和寮は焼けちゃったし、今夜はどこで寝るのかな」

小林は不安そうだった。

「河原で寝るんだ。もう六月だから、寒くはないから大丈夫だよ。少年工六百名、みんな一緒に一晩過ごすんだ」

中隊長が励ますように言った。

長い夜が明けた。

僕たちは朝日の中を急いで寮に帰った。

「ああ、工和寮が全部焼けちゃった。B29ってすごいなあ」

僕はなんだか呆然としてしまった。

「ねえ、僕らの部屋はここらしいよ」

金田が言う。

「ほんとだ、ここに僕のトランクがある。中の冬着やセーターは真っ白に焼けちゃってるけど、取っ手は金属だから焼けなかったんだ。洗濯石けんも黒くなってるけど、形は残ってる」

僕は、冬着を焼いてしまったのが残念で仕方がなかった。

「僕のトランクも焼かれたよ。大事な写真も冬着も、みんななくなっちゃった」

小林も悲しそうに言った。

鳴尾工場は焼け野原に

寮の焼け跡から工場に向かった。

この空襲で鳴尾工場は徹底的に破壊され、一面の焼け野原と化していた。発動機組立工場にいたっては、どこに建っていたのかわからないほど、文字通り跡形もなくなっていた。僕が懸命に部品を取り付けたエンジンは、一基も見当たらなかった。

尾翼工場でも、昨日まで整然と並んでいた尾翼の組立完成品はほとんど破壊されていた。

「僕らが鋲を一本一本丁寧に打ち込んで外鈑を取り付けた尾翼が、めちゃくちゃだ」

小林はとても残念そうだった。

間もなく、高座廠から引き揚げ命令があった。

僕たち第一中隊二百名は、横須賀海軍工廠に再派遣、第二・第三中隊四百名は、高座廠に引き揚げることになった。

第五章　横須賀海軍工廠

山の中に疎開した海軍工廠

横須賀海軍工廠は、大部分の工作機械を沿岸部から山の中に掘られたトンネルに疎開していた。

僕たち少年工は、中隊長に引率されて海軍のトラックに乗り込み、山の中の工場に到着した。

「これが工廠のトンネルだ。中には疎開してきた工作機械が入っている」

中隊長が説明してくれた。奥では朝鮮人の作業員がツルハシをふるってトンネルを拡張していた。

工場を見た後、また海軍のトラックに乗って、僕たちの入る寮に向かった。寮は小高い丘の上の木造平屋建ての建物だった。

翌日からさっそく工場に出勤した。稼働中のトンネル工場は三ヵ所、さらに建設中のトンネルが二ヵ所あった。トンネルの外には四棟の二階建て倉庫もあった。

工場では航空機の部品をつくっていた。工場の作業員は、ほとんどが高等女学校の学生で、増産報国隊と呼ばれていた。彼女たちの仕事は午前と午後の交代制で、僕たち少年工は、工場で彼女たちがつくった部品を、倉庫に運ぶ作業を受け持つことになった。

「この部品出来たよ。もう運んでいいわ」

報国隊の女学生から声がかかる。

「よし、じゃあ運んでみよう。これなら重くないよ、ひとりで担いでいける」

僕は完成部品を倉庫に運んだ。

「なかなか力が強いわね、こんなに重いものを運ぶなんて。あなた、いくつ」

「十四だよ」

「まあ、もっと大きいかと思ってた」

「僕もひとりで担げるよ」

小林も負けずに部品を運んでいった。

部品の運搬が終わると、少年工たちは倉庫でつぎの部品を待つ。

「鋲打ちにくらべると、だいぶ楽な仕事だね」

金田がうれしそうに言う。

「僕は組立工場だったから、あんまり変わらないかなあ」

と僕。

僕たちは待機の時間の方が多く、時には三日間続いて仕事がないこともあった。

横須賀工廠のトンネル工場は、三浦半島の山の中にあったため、空襲を免れていた。僕たちは二ヵ月ほど平和に暮らした。

グラマンが低空で宣伝ビラをまく

八月十日午前九時頃、突然、米軍の艦載機グラマン三機が工場に飛来した。外にいた僕らは大慌てでトンネル内に退避、物陰から外の様子をうかがっていると、グラマンは倉庫の屋根すれすれの超低空で突っ込んできた。

しかし、グラマンは銃撃はせず、操縦席からビラをまき始めた。

「僕、敵のパイロットを見たよ。操縦席でハンカチを振って合図して、それからビラをまいたんだ」

小林が興奮して言った。

グラマンが飛び去ると、倉庫前の広場には宣伝ビラがいっぱい落ちていた。金田が何枚か拾ってきて、見せてくれた。

ビラには、こう書いてあった。

一、八月六日、広島に原子爆弾が投下され、死者十三〜十五万人。
二、八月九日、長崎に原子爆弾が投下され、死者七万四千人。
三、即時、ポツダム宣言（降伏勧告）を受諾せよ。拒否すれば横須賀に原子爆弾を投下する。

「大変だ、横須賀に落とされたら、僕たちは全滅だ」

小林が慌てていた。

玉音放送・終戦

宣伝ビラがまかれた五日後の八月十五日、僕たちはいつものように朝からトンネルの工場で作業していた。中隊長が来て、緊急命令を伝えた。

「みんな、正午に重大放送があるから、いますぐ寮に帰れ。十一時三十分に廊下のラジオの前に集合せよ」

そして正午――天皇陛下の玉音放送が行なわれた。雑音がひどく、よく聞き取れなかった。

放送終了後、中隊長が暗い表情で放送内容を説明した。

「天皇陛下が、降伏勧告を受け入れて日本軍が無条件降伏したことを、国民に知らせたんだ」

玉音放送を聞いて、ほとんどの作業員は、思わずすすり泣いた。少年工もしくしく泣いた。

「本当に戦争が終わったのか」

すぐには信じられなかった。僕らは台湾に帰れるのだろうか。

「これから僕たち少年工はどうなるんですか」

小林が中隊長に聞いた。

「とりあえず、高座廠の引き揚げ命令を待つんだ。命令がくれば、すぐに上草柳の寄宿舎に帰れるよ」

夕食の前に中隊長から連絡があった。

「食事の後、みんなに団子をごちそうしてくれるそうだ」

炊事場では、倉庫から一年分のお米と砂糖を持ち出して団子を作ってくれたのだ。

夕食後、みなで甘い団子を食べた。

「お団子、おいしいねえ」

金田がニコニコしながら言う。

「長いこと甘いものを食べてなかったから、格別においしいんだ」

と、小林も満足そうだ。

団子が大好物の僕は、お代わりをもらった。


それから一週間後、高座廠から引き揚げ命令が出た。僕たちは中隊長に引率されて、大和の上草柳にある寄宿舎に帰った。

第六章　高座海軍工廠に引き揚げ

進駐軍先遣隊が厚木基地に飛来

終戦後、各地の派遣先から高座廠に引き揚げてきた少年工四千余名は、上草柳の寄宿舎に帰った。小林、金田、僕の三人は、四舎二寮一号室に割り当てられた。

寄宿舎の西側には、広大な厚木飛行場があった。

昭和二十年八月二十四日、アメリカ進駐軍の先遣隊が厚木基地に飛来するから、飛行場の整備を少年工にも手伝ってほしいという軍部の依頼があり、僕たちは飛行場整備に駆り出された。

八月二十八日午前七時、少年工の寄宿舎のまわりを、多くの憲兵や警察官が取り囲んでいた。

午前八時、進駐軍先遣隊を乗せた大型輸送機ダグラスをはじめ、双胴のロッキードおよびグラマン戦闘機など、合わせて二百機近い飛行機が厚木基地上空を繰り返し旋回した。耳をつんざくような爆音が少年工の宿舎に轟いた。

先遣隊の飛行機は、基地を数回旋回したあと、順番に着陸した。

八月三十日に、連合軍最高司令官マッカーサー元帥が、コーンパイプをくわえながら専用機から厚木基地に降り立った。

零戦を破壊する進駐軍

今度は厚木基地の進駐軍から、大型輸送機で搬送してくる大量の食料品を食品倉庫に運んで整理整頓する作業を、台湾少年工に手伝ってほしいという要望があった。

僕は小林や金田と三人一緒に進駐軍のボランティアになりたいと思い、厚木基地の正門に行った。

僕は基地の衛兵に丁寧にお辞儀をして、指導員から教わった英語で話しかけた。

「ウイ　アー　チャイニーズ　ボーイ。ウイ　ウァント　ツー　ビー　ユアー　ボランティア」

「ＯＫ」

衛兵は、拍子抜けするほどあっさりと中に通してくれた。

正門から入ると、左前方に三十数機の零戦が整然と並んでいるのが目に入った。

終戦後、放置された海軍の艦上偵察機「彩雲」の前で撮影された台湾少年工たち。

こちらは夜間戦闘機「月光」。少年工が機体や翼の上に並んでの記念写真。

「僕たちがつくったA6だ」

「あっ、進駐軍が見たこともない機械で零戦を壊してるよ」

小林が叫んだ。

「ほら、ツルハシみたいな道具で胴体を三回打ち砕いたら、機体が真ん中から折れちゃったよ」

金田も驚いたようだ。

それにしても、すごい機械だった。つづけて操縦席、エンジン、それに主翼を壊し、いまは尾翼部分を破壊している。

破壊した機体の残骸は、あらかじめ掘っておいた大きな溝の中に放り込んで、最後は埋めてしまうようだった。

僕たちがつくった零戦を破壊したのは、大型輸送機で運ばれてきたスクレーパー（掘削機）という土木機械だったそうだ。

零戦の向こうには、零戦よりも胴体が太い局地戦闘機「雷電」が三十機ほど並べられている。高座廠に残った少年工がつくった機体だ。

「あの『雷電』も零戦みたいにこなごなにされるんだろうな」

金田は寂しそうだった。

僕たちは、進駐軍の飛行機が整然と並ぶ場所にさしかかった。

これまで見たこともない飛行機が、いっぱいあった。

「見てよ、あそこの飛行機。胴体いっぱいに美人画が描かれてる。女優かな、それともパイロットの彼女かな」

小林がびっくりしたように言う。

「僕はパイロットの彼女だと思うよ。まるで彼女がそばについて励ましてくれてるみたいだろ」

僕はそう答えた。

「そうだよ、だからアメリカは戦争に勝ったのさ」

金田が訳知り顔で言った。

進駐軍のボランティア作業

基地内を歩いて、僕たちは食料品倉庫にやってきた。僕は係官にお辞儀をしてから、先ほど基地の衛兵に使った英語をもう一度繰り返した。

帰国を待つ間に、高座廠寄宿舎の前で撮影された台湾少年工たち（四舎七寮）。

「ＯＫ」

係官は、僕らについてくるように言うと、中で仕事の内容を、身振り手振りも交えて説明してくれた。

「積んである食料品を分類して整理するってことみたいだね」

僕が小林に確認すると、彼はうなずいた。

「まあ、そんなところだろう。仕事にかかろう」


作業を始めてから小一時間もすると、さっきの係員が、十分間休みなさいと言って、飲み物を持ってきてくれた。オレンジジュースだそうだ。

「このジュース、うまいなあ。こんなうまいもの初めて飲んだよ」

僕らは感動しながら、ジュースを飲んだ。

まもなく作業は完了した。

係員がケーキや食パンや、ほかにもいろいろな食べ物を持ってきて、みんなで食べなさいと言った。

「見たこともないものがいっぱいあるね。これは何だろう。黒くて平たくて、いいにおいがするお菓子だ」

と、僕が聞くと、

「さっきの係員は『チョコレート』って言ってたよ」

金田が答えた。

僕たちは食べたこともないごちそうを味わって食べた。

高座台湾省民自治会結成

終戦から一ヵ月ほど過ぎた。

日本海軍は実質的に解体され、高座海軍工廠は解散し、上官たちは、それぞれの故郷へ帰っていった。

僕たち台湾少年工の身分は、日本の国民から、中国の国民に変わった。いつ台湾に帰れるのか、それまで、どうやって生活していくのか、不安に襲われた。

この不安な状況を切り開いたのは、中学卒の先輩たちだった。

彼らの主導で「高座台湾省民自治会」が結成され一時乱れていた生活に秩序を回復させ、選ばれた代表たちは、外務省や神奈川県庁に行って責任者や知事と会見し、食糧を確保したり、帰還船の手配を要請した。

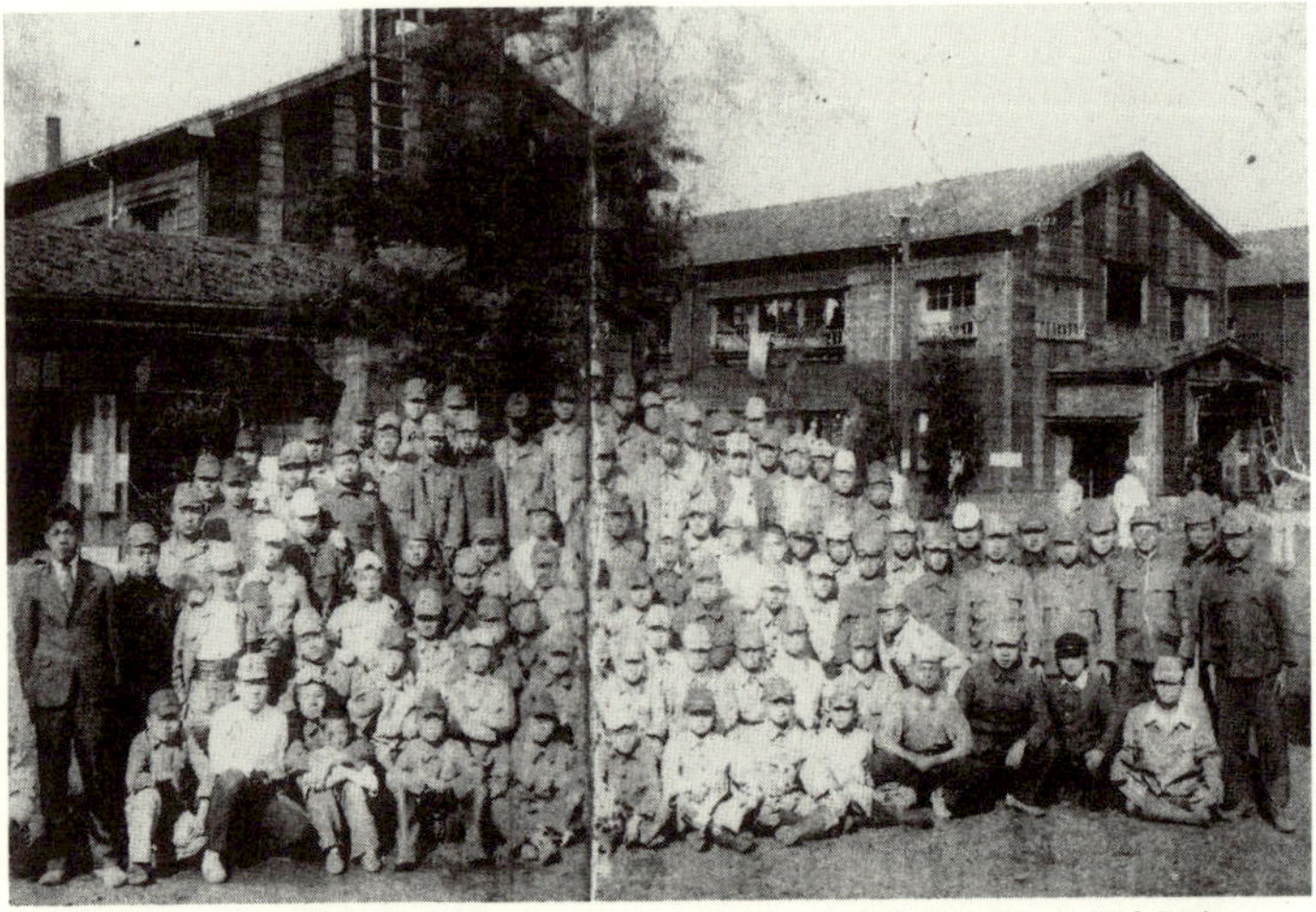

著者ら台中県東勢郡の少年工一同が、帰国前に寄宿舎前で撮った記念写真。

そして、昭和二十年十二月中旬、最初の帰還船「長運丸」で少年工千名を帰国させることになったのである。

それ以後、自治会は出身地域ごとに少年工を一千名ずつに分けて、順次帰国させた。

第七章

祖国台湾省へ帰った元少年工

最初の帰還船「長運丸」で帰郷

僕は、なぜか最初の帰還船「長運丸」で帰るメンバーに選ばれた。

昭和二十年十二月中旬、出港の日を翌日にひかえ、僕は宿舎で支度をしていた。

小林が横に来て言った。

「明日出発だね。この手紙を僕のお父さんに渡してくれないか。来月の帰還船で帰るから心配しないで、と伝えてくれ」

金田も寄ってきて頼んだ。

「僕も手紙を書いたから、お父さんに渡してくれよ」

僕は、高座廠にやって来た頃のことを思い出していた。

「僕たちは飛行機をつくりながら勉強して資格が取れ、将来は技手や技師にもなれるという条件で志願してきたんだよね」

「でも、日本は戦争に負けたんだ。僕たちの未来の夢は、消えてしまったんだ」

小林がすっかり失望したように言う。

「台湾に帰ったら、また一緒に勉強しようよ」

金田は自分に言い聞かせているようだった。


翌日、浦賀港を出港した「長運丸」は、途中、広島で燃料を補給する。広島で甲板に上がると、目に飛び込んできたのは、無残な焼け跡だった。広島市は、全域が石炭のような黒い焦土と化していた。

一緒に甲板に上がってきた豊原出身の山口がつぶやいた。

「まるで地獄みたいだ。原爆って恐ろしいなあ」

たった一発の爆弾の炸裂の結果とは、とても信じられなかった。

「名古屋の工場がB29の普通の爆弾で焼け野原になった時には、建物の残骸がもっと残ってたよ。こっちの方が何倍も恐ろしいんだね」


「長運丸」は船脚が遅く、台湾北部の基隆港に到着したのは、浦賀を出港してから十六日目のことだった。船は基隆港内で一晩停泊して、翌朝、僕たちは上陸した。

基隆市役所の職員の案内で公会堂に向かった。ここで甘いおかゆを食べたあと、いろいろな手続きがあった。そして、各自降りる駅までの無料乗車券をもらった。

日本から引き揚げてきた一千名の台湾少年工は、ここで解散した。

日本本土から台湾へ向かう帰還船「米山丸」船上の少年工たち。

僕は手作りのリュックサックを背負って、豊原出身の山口とともに基隆駅に向かった。各駅停車の汽車に乗って豊原駅に着いたのは、その日の夜八時だった。豊原駅で山口と別れ、東勢行きのバスに乗り換えて、土牛小学校前のバス停で下車した。

まず、バス停のそばにある少年工の上級生の雑貨屋に寄った。

「おじさん、ただいま帰りました」

「嘉雨君か、無事に帰れてよかったね。君のおじいさんが心配してたよ」

「息子さん、元気ですよ。つぎの帰還船で帰ります」

僕は、先輩からのメッセージを伝えた。

「外はもう真っ暗だ。松明《たいまつ》をつけて家まで送ってあげよう」

おじさんと一緒に、夜道を急いだ。

「おーい、嘉雨君が帰ってきたぞー！」

家の近くまで来ると、おじさんが大声で呼んでくれた。

「おじいちゃん、おばあちゃん、ただいま帰りました」

おじいちゃんとおばあちゃんが、転げるように家から出てきた。

「おお、嘉雨か、無事で良かった。じいちゃん、毎日心配したよ」

僕は思わずうれし涙がこぼれた。

じっと僕を見つめていたおばあちゃんは、

「ずいぶん背が大きくなったね」

と、やはり涙目で言った。

「おまえが向こうでどうしてるか、いつ帰ってくるか知りたくて、新聞を毎日買ってたんだ。もう、明日から新聞はいらないよ」

おじいちゃんは、普段は新聞を読まなかった。

「今日は疲れたろう。早く休みなさい」

おばあちゃんがいたわってくれた。


翌日、担任の平山先生を訪ねた。

「先生、劉嘉雨です。昨晩、帰りました」

「劉君か、よく帰ってきたね。ご家族がずいぶん心配なさってたよ」

「祖父も祖母も、とても喜んでくれました」

「一緒に少年工になった林玉書君と鐘崑洲君も無事かね」

「二人とも元気です。つぎの帰還船で帰ってきます」

「日本はここで戦争を止めて良かったよ。もし無条件降伏を躊躇していたら、もう一発、原子爆弾を落とされるところだった」

「そうですね」

先生は悲しそうだった。

「これ、中学校の教科書だ。進学に利用しなさい」

「どうもありがとうございます」

「先生はいま、日本への引き揚げ船の順番を待っているところだ。もうすぐ日本に帰らなければならないんだ」

「日本に帰られたらお手紙ください。お元気で、ご健康を祈ります」

先生の宿舎を出た後、母校を一回りしてみた。教室、運動場、事務室などどれも小さくなったような感じだった。

間もなく、後輩の小学生たちが登校してきた。みな僕を覚えていて、すぐに取り囲まれた。

「相撲選手の劉君が帰ってきた」

僕は学校の代表選手だったのだ。

「昨日の晩、日本から帰ったよ。日本では勉強しながら零戦という戦闘機をつくったんだ」

「本物の戦闘機ですか」

「もちろん本物だよ」

「すごいなあ!」

林玉書と鐘崑洲の二人も、ほどなく無事に台湾に帰ってきた。

祖国台湾で生きる元少年工

元少年工たちが帰国して半年たった。小学校卒は進学を目指し、中学校卒は中華民国が日本での学歴を認めたので、ほとんどの人は公務員に採用された。

彼らは学校や職場で、大戦中に日本に協力したことを白眼視されないよう、当時のことを絶対に口にしなかった。

戦後、台湾を統治した中華民国政府は、二二八事件以後、自由と民主主義を無視し、三十八年にわたり台湾に戒厳令を敷いた。

※二二八事件：一九四七年二月二十八日、中華民国政府の弾圧に抗議した台湾人（本省人）のデモに憲兵隊が発砲、台湾全土での抗争の発端となった事件。中華民国政府は武力により本省人を徹底的に弾圧し、戒厳令を施行、台湾でこの事件に触れることは、長い間タブーだった。

この戒厳令も、世界的な民主化の流れには逆らえず、ついに一九八七年七月に解除された。

もう台湾では、集会も報道も自由である。時の政権を批判しても拘束されるようなことはない。

戦後、各分野で活躍した元少年工たちは、多くの困難に遭遇しながら、それに挫けることなく台湾の経済成長と民主化の進展に取り組んできた。

台湾高座会結成と日本での留日五十周年大会

さて、戒厳令の解除とともに、台湾高座会（台湾高座同学聯誼会）が、各地につぎつぎと結成された。

一九八八年六月、第一回聯誼大会が台中市全国ホテルで開催され、参加者は十二区会合計八百余名だった。大会では、台中区会会長の何春樹氏を議長に任命した。

高座会は、高座海軍工廠でともに学び、働いた青少年たちの友愛を深め合うのが目的のグループで、政治や宗教などは問わない組織である。

その後、各区会の輪番で毎年聯誼会が開催されている。いまでは台湾全土に二十ヵ所の区会を持ち、連合組織を結成、会長に李雪峰氏を、総幹事に周風其氏を選出した。

一九九二年十一月二十三日、第五回台湾高座会聯誼大会が台中の彰化市で開催された。日本側参加者と合わせて一千六百名が集まり、盛大な会となった。

その折、李雪峰会長から、翌年は高座海軍工廠創設五十周年であり、それは元少年工たちの留日五十周年でもあるから、ぜひ日本で記念大会を開きたいという意思表示があった。

李会長の挨拶には、

「高座海軍工廠や寄宿舎があった思い出深い大和にもう一度行ってみたい。大和はわれわれにとって第二の故郷である」

という言葉もあった。

一九九三年六月九日の台湾高座会留日五十周年歓迎大会は、台湾高座会から一千三百名、日本側から一千八百名の合計三千百名が参加する空前の大会となった。

この日は、朝から雨が降っていた。

まず午前中は、綾瀬市の文化会館で懇親会が行なわれた。

来日した元少年工たちを迎えて、地元の市町村の人たち、元海軍軍人をはじめ、工廠に勤務した元職員や工員など、昔なじみの仲間が加わった。

大勢の出席者の割れんばかりの拍手を受けて、台湾高座会の李雪峰会長、次いで日本高座会の呉春生会長が挨拶した。

懇親会の後、大和市に場所を移し、午後一時から歓迎大会が大和市スポーツセンターで開催された。

来賓の祝辞や歓迎の挨拶の後、李雪峰会長から、

「台湾高座会は、この歓迎に感謝の意を表すとともに、元少年工の人たちの足跡を永遠に残し、日本と台湾の友好と親善の交流を願って、台湾亭（台湾風の四阿《あずまや》）を建設し、これを大和市に寄贈したい」

との言葉があった。式典後には、海上自衛隊横須賀音楽隊四十名による演奏などのアトラクションが行なわれた。

一九九七年（平成九年）九月、台湾亭が完成し、大和市に寄贈された。

この台湾亭は、大和市の引地川公園にあり、周りの樹木映えて美しく、いまでは市民の憩いの場となっている。

元技手早川金次氏が昭和38年、大和市善徳寺に建てた「戦没台湾少年の慰霊碑」。

来日時、大和市引地川公園の台湾亭前に立つ著者（後列黒帽子）ら元少年工。

戦没した台湾少年工を靖国神社に合祀

海軍軍属として、その責務を全うし、悲運にも戦没した台湾少年工は六十名である。彼らは、平成十四年十月の秋季例大祭までに所定の申請並びに裁可を経て、全員が靖国神社に合祀され、御祭神となった。

それ以来、元台湾少年工たちは、毎年来日し、靖国神社に昇殿参拝をするようになった。戦没台湾少年工の靖国神社合祀は、高座日台の会名誉会長の野口毅氏の尽力により実現したものである。

六十周年歓迎大会と卒業証明書交付

平成十五年十月二十日、座間市文化会館において、台湾高座会留日六十周年歓迎大会が

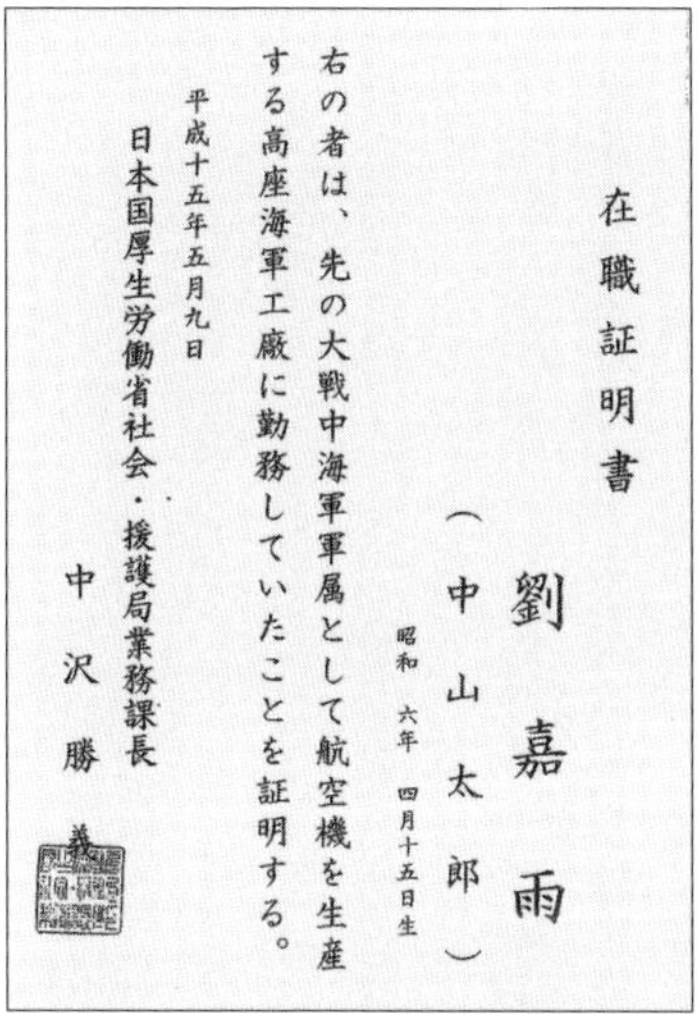

在職証明書

劉嘉雨

（中山太郎）

昭和　六年　四月十五日生

右の者は、先の大戦中海軍軍属として航空機を生産する高座海軍工廠に勤務していたことを証明する。

平成十五年五月九日

日本国厚生労働省社会・援護局業務課長

中　沢　勝　義

〔左〕平成15年に著者が受け取った高座海軍工廠軍属としての「在職証明書」。
〔下〕二期生に発行された工員養成所見習科課程の「卒業証明書」。

卒業証明書

氏名

昭和　年　月　日生

右の者は、昭和二十年三月三十一日高座海軍工廠工員養成所見習科の課程を卒業したことを証明する。

なお、その学歴は、昭和二十八年文部省令第三十号並びに同告示第一三八号により旧制中等学校（五年制）卒業者と同等以上の学力あるものとして取扱いを受けている。

平成十五年五月九日

日本国厚生労働省社会・援護局業務課長

開催された。

来日した台湾高座会メンバー七百名、これを歓迎する日本高座会会員など、会場は一千名を超える参加者で埋まった。

この大会のハイライトは、工員養成所の卒業証明書と高座海軍工廠軍属としての在職証明書の交付だった。日本政府代表として厚生労働省中沢課長から台湾高座会の代表者に渡された。

この大会の模様は、「六十年ぶりの卒業証書」と題して新聞やテレビでも報道された。

卒業証明書をもらったのは、工員養成所見習科課程を卒業した二期生の先輩たち二百名で、ほかの人は在職証明書をもらった。

七十周年歓迎大会と感謝状の授与

平成二十五年五月九日、かつて高座海軍工廠があった神奈川県座間市の市民会館で、台湾高座会留日七十周年歓迎大会が開催された。

台湾からは元少年工および関係者約二百五十名が来日、日本側の歓迎陣約一千五十名、

「台湾高座会留日70周年歓迎大会」で感謝状を手にした台湾高座会各地区代表。

この70周年歓迎大会には著者も来日し、感謝状を受け取った（右から４人目）。

合わせて一千三百名がハーモニーホールに集まった。

この大会では、歓迎大会会長をつとめた元内閣総理大臣の森喜朗氏から感謝状が授与された。この感謝状授与は、歓迎大会実行委員長の石川公弘氏の尽力により実現したものである。ただし大会当日、森会長は公務で出席できず、実際の授与は歓迎会長代行の平沼赳夫氏が行なった。

会長代行が壇上の台湾高座会各区会代表一人一人に感謝状を手渡すと、会場から大きな拍手が沸き起こった。

また、森会長からのメッセージが読み上げられた。

「本日、みなさんにお渡しする感謝状は、みなさんの戦中戦後におけるご苦労に対する日本国民の感謝の印です」

こうして、七十年前に日本に渡った元少年工たちは、その功績をたたえる感謝状をいただいたのである。

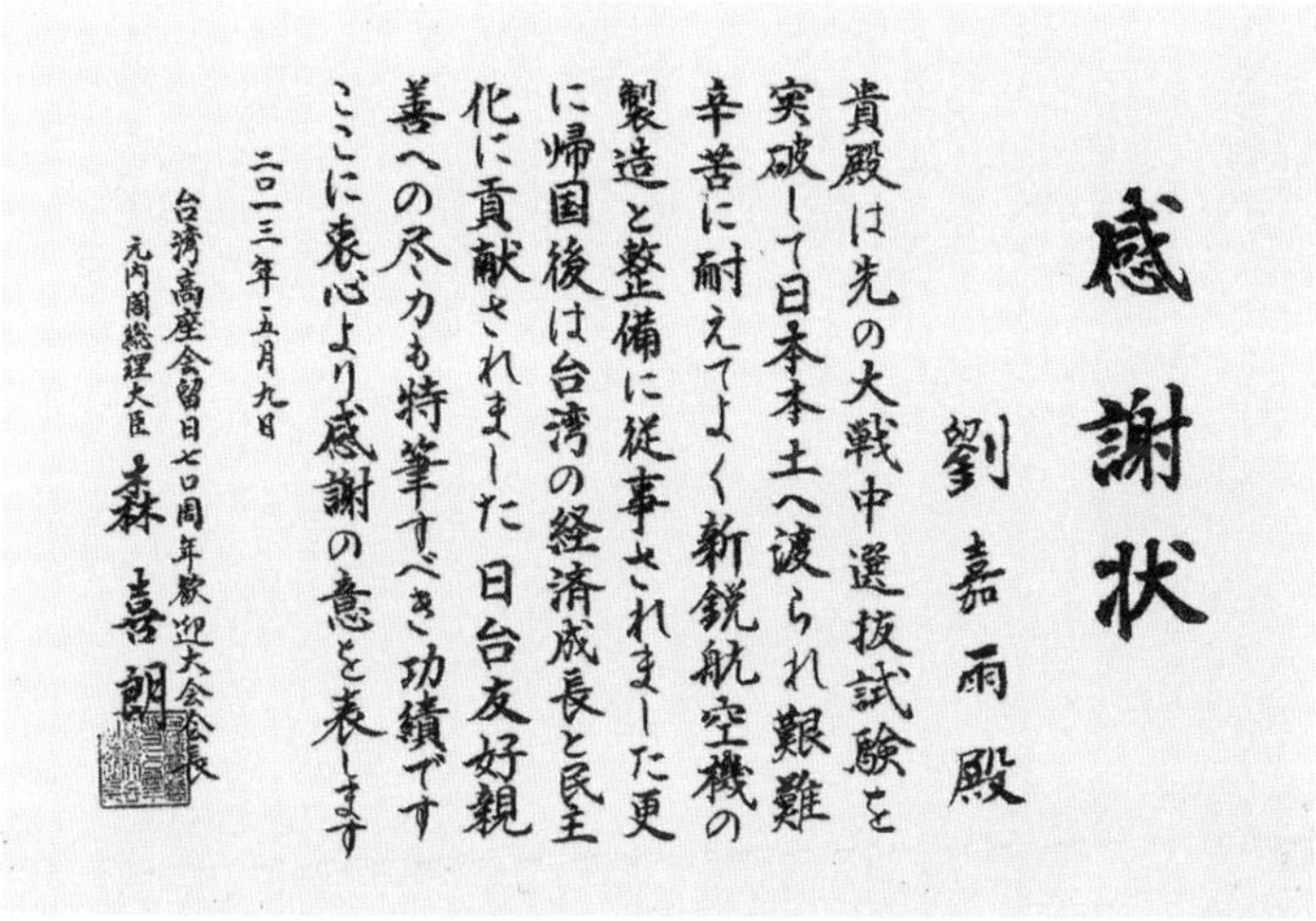

感謝状

劉嘉雨殿

貴殿は先の大戦中選抜試験を
突破して日本本土へ渡られ艱難
辛苦に耐えてよく新鋭航空機の
製造と整備に従事されました更
に帰国後は台湾の経済成長と民主
化に貢献されました日台友好親
善への尽力も特筆すべき功績です
ここに衷心より感謝の意を表します

二〇一三年五月九日

台湾高座会留日七〇周年歓迎大会会長
元内閣総理大臣　森喜朗

著者が授与された感謝状。森喜朗元総理の名が記されている。

参考文献

矢吹明紀『零戦のしくみ』新星出版社　二〇一一年
渡部真一『零戦99の謎』二見書房　二〇一〇年
大西清『機械設計製図便覧』理工学社　一九八七年
『油空圧化設計』日刊工業新聞社　一九八三年九月号
野口毅『台湾少年工と第二の故郷』展転社　一九九九年
石川公弘『二つの祖国を生きた台湾少年工』並木書房　二〇一三年
『難忘高座情』編輯委員会　一九九九年
『台湾高座会留日七十周年歓迎大会記念誌』二〇一三年

【著者略歴】

劉 嘉雨（りゅう・かう）

1931年　台湾に生まれる
1944年　高座海軍工廠勤務
1946年　高座海軍工廠解散、帰国
1953年　台湾肥料会社新竹工場勤務
1991年　高座日本語塾設立、塾長を務める
2016年10月17日　歿

零式艦上戦闘機（靖国神社遊就館にて著者撮影）

僕たちが零戦をつくった
台湾少年工の手記

2018年9月13日　第1刷発行

著　者　劉　嘉雨

発行者　皆川豪志

発行所　株式会社　潮書房光人新社

〒100-8077
東京都千代田区大手町1-7-2
電話番号／03-6281-9891（代）
http://www.kojinsha.co.jp

装　幀　熊谷英博

印刷製本　サンケイ総合印刷株式会社

定価はカバーに表示してあります。
乱丁、落丁のものはお取り替え致します。本文は中性紙を使用

ISBN978-4-7698-1663-8 C0095

JASRAC 出 1808501-801